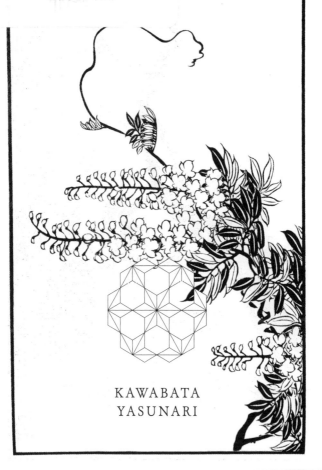

KAWABATA
YASUNARI

一頁 folio

始于一页，抵达世界

美丽的日本与我

[日] 川端康成 著

陈德文 译

GUANGXI NORMAL UNIVERSITY PRESS

广西师范大学出版社

·桂林·

图书在版编目（CIP）数据

美丽的日本与我 /（日）川端康成著；陈德文译.——
桂林：广西师范大学出版社，2023.3
ISBN 978-7-5598-5758-3

I.①美… II.①川… ②陈… III.①散文集 - 日本
- 现代 IV.①I313.65

中国国家版本馆CIP数据核字（2023）第002206号

MEILI DE RIBEN YU WO
美丽的日本与我

作　　者：（日）川端康成
译　　者：陈德文
责任编辑：彭　琳
特约编辑：王子豪　徐　露　徐子淇
装帧设计：汐　和　at compus studio
内文制作：陆　舰

广西师范大学出版社出版发行

　广西桂林市五里店路9号　邮政编码：541004
　网址：www.bbtpress.com
出版人：黄轩庄
全国新华书店经销
发行热线：010-64284815
北京华联印刷有限公司印刷
开本：889mm×1260mm　1/64
印张：6.25　　　　字数：160千字
2023年3月第1版　　2023年3月第1次印刷
ISBN 978-7-5598-5758-3
定价：47.00元

美丽的日本与我

目 录

永远的旅人

临终的眼

美丽的日本与我

一

一

花未眠

我时常对一些司空见惯的事情感到不理解。昨天，一到热海旅馆，侍者就送来一束和壁龛里不一样的海棠花。因为太累，我及早睡了。夜间四时醒来，看海棠花未眠。

　　发现花儿没睡觉，这使我感到惊讶。既有葫芦花和夜来香，也有牵牛花和合欢花。普通的花都是昼夜开放的。花儿夜间不睡觉，这是不言自明的事，而我却是初次听闻。夜间四时观察海棠花，觉得它更加美丽。它舍尽生命开放，凄艳无比。

　　花儿不睡觉，人人都明白，这事忽然成为我重新看待花儿的机缘。自然的美是无限的，但人感觉到的美是有限的。正因人感受美的力量是有限的，所以可以说人感受到的美是有限的，也可以说自然中的美是无限的。至少一个人的一生所感受到的美是有限的，是有一定局限的。这是我的实感、我的哀叹。人感受美的能力，并非同时代一道前进，并非随着年龄而增加。夜间四时的海棠也是应该珍视的。我有时自言自语：一朵花若是美的，就要生存下去。

画家雷诺阿说过，只要稍稍进步些，就会接近死亡一步。这是多么悲惨的事啊！但他最后说："我还是相信进步。"米开朗琪罗最后的话语："早晚该来的事情一如所愿出现的时候，那就是死亡。"米开朗琪罗活到八十九岁。我喜欢他那尊石膏制作的头像。

我以为，感受美的能力很容易达到某种程度。单凭头脑想象是困难的，还要与美邂逅、与美亲近。虽说需要重复训练，但往往一件古代美术作品即成美的启示、美的开眼。这样的事例很多很多。一朵花儿也是好的。

望着壁龛里的一枝插花，我曾这样想过：与

此一样的花儿自然绽放的时候，我如此仔细观望过没有？截其一枝，插入花瓶，摆进壁龛，我才开始凝神注视。这不限于花朵，就文学而言，大致说来，今日的小说家，就像今日的歌人，从来不认真观察自然。全神贯注的时机太少了。再说，养在壁龛里的插花，上头挂着花的画。绘画之美不逊于真花之美。更不用说，这种场合，若绘画拙劣，能反衬出真花的美丽；若花的绘画美丽，更能衬托出真花的美艳无比。然而，平素我们仅仅仔细注目于花的绘画，没有认真观察过真花是什么样子。

李迪[1]、钱舜举[2]、宗达[3]、光琳[4]、御舟[5]和古

---

1 李迪，生卒年不详，南宋画家。工于花鸟竹石兽，长于写生，作品有《雪树寒禽图》《风雨归牧图》等。

2 即钱选（1239—1299），字舜举，号玉潭，元代画家。代表作有《卢仝烹茶图》《渭水访贤图》等。

3 即俵屋宗达，生卒年未详，桃山至江户初期画家。作品有《风神雷神图》等。

4 即尾形光琳（1658—1716），江户中期画家。代表作有《燕子花图屏风》《红白梅图屏风》等。

5 即速水御舟（1894—1935），大正至昭和初期画家。作品有《炎舞》《名树散椿》等。

径[1]等人，他们多是从花卉的绘画中领悟到真花的美丽。这不仅限于花木。如今，我的书桌上放置着两件东西：罗丹的《女人的手》和马约尔[2]的《丽达》这两小件青铜雕刻。单凭这两件作品，就能看出罗丹和马约尔迥然不同的艺术风格。然而，我们却能从罗丹的手的姿势和马约尔的女体的肌肉里学到好多东西。仔细一看，深感惊讶。

我家的狗产崽了。小狗蹒跚学步的时候，我无意中望着这只小狗的样子，心中猛然一惊，那姿态同某种东西完全一致。想起来了，它酷似宗达笔下的幼犬。宗达画的是水墨画的小狗，那是一只在春草上的小狗。我家的小狗是无法与之相比的杂种狗，但我充分理解宗达高雅的写实风格。

去年岁暮，我在京都观赏晚霞。我觉得那就

1　即小林古径（1883—1957），大正至昭和时期画家。代表作有《头发》《鹤与七面鸟》等。

2　即阿里斯蒂德·马约尔（Aristide Maillol，1861—1944），法国雕塑家、画家。

像长次郎[1]使用的名为"赤乐"的颜色。长次郎展现夕暮的名品茶碗，我以前看到过。茶碗上渗进黄色的红釉，很好地表现出日本夕暮的天色，深深印入我的心间。在京都，我从真正的天空联想到那茶碗。当我再次看到那只茶碗时，我又想起坂本繁二郎[2]的绘画，遂不能自已。寂寞荒村，傍晚的天空犹如切开的面包，飘浮着十字形的云彩，这是小幅的绘画。这种日本夕暮黄昏的天色，是如何深深渗入我心底的啊！坂本繁二郎绘制的夕暮的天色，和长次郎制作的茶碗的颜色，同是日本之色。我在夕暮的京都，也想起了这幅绘画。于是，繁二郎的绘画和长次郎的茶碗，还有真正的夕暮的天空，三者在我心中互相呼应，越发显得艳丽无比。

这是我当时前往本能寺拜谒浦上玉堂[3]墓，回

---

1 即初代乐吉左卫门，系烧制"乐烧"茶器的茶碗师世袭的名号。

2 坂本繁二郎（1882—1969），明治后期至昭和时期画家。代表作有《放牧三马》等。

3 浦上玉堂（1745—1820），江户时代的文人画家。代表作有《东云筛雪图》《烟霞帖》等。

来的路上看到的夕暮景色。第二天，我去岚山参拜赖山阳[1]所作的玉堂碑。冬日，岚山没有游客，我却觉得仿佛初次发现岚山之美。虽然以前也多次来过，但只当是寻常的名胜，未能认识到它的好处。岚山一直是美丽的，大自然一直是美丽的。不过，这种美丽，只是有时被某些人发现罢了。

我发现花未眠，或许因为我独住一室，夜间四时醒来的缘故吧。

昭和二十五年（1950）五月

1　赖山阳（1781—1832），名襄，字子成，江户时代思想家、阳明学家。其思想对幕末尊王攘夷志士具有深远影响。著有《日本外史》等。

一

关于美

看了大相扑夏场的千秋乐[1]回来，进入工作室，随即看到书桌上摆放的古希腊陶器和六朝陶俑。最近，从京都带来一件陶器，同陶俑排列在一起。这两件陶器，分别是一千五百年以前和两千年以前的偶人。二者都是从古墓中发掘的，皆属没有上彩釉的素烧偶人。希腊的陶俑是左手拿着环子的女子，高约二十厘米；六朝那一件是个文官，男性，高约二十五厘米。二者都是小巧玲珑的立像。

　　夜里，面前放着这两件典雅的古代偶人，想起白天现实中看到的相扑力士魁伟的体躯，忽然

1　大相扑比赛终场，根据胜场次数决出优胜者，并举办颁奖式。

产生一种异样的感觉。我把陶俑从京都带来，脑子里因而浮现出"都踊"女子的姿影。京都的舞妓，东京的相扑力士，今天仍在我们中间存在着。"国技"，甚至被说成"国色"。舞妓和力士，其体格也是两个极端，职业性的裸体及服饰也是两个极端。力士与舞妓，从常识性的生理和伦理上看，都是病态的、丑恶的，但我们多数人却对此感到了美，或者出于狂热，要求保留遗物似的发髻和垂带。要是没有这种传统的发髻和垂带，会显得既怪且丑。想想，真是很奇妙。虽然这说的是身体和姿态，但我们的心灵和思想，也有不少类似的情况。

体重四十六贯[1]的横纲[2]东富士与十点五贯的我这个作家，同时生活在日本，各自为自己的事业而奋进，想想还是蛮有意思的。体会和哀伤都是无限的。此时的我在写这篇文章时，为了驱赶困倦，用田能村竹田的手制茶碗饮玉露。茶托是

1　日本古代重量单位，一贯约合三至四公斤。
2　相扑力士的最高级别，其次是大关、关胁。

中国古代锡制品，煎茶之家华月庵祖传的茶器。玉露茶和美国咖啡共饮。小茶壶上刻着竹田"竹窗满月点苦茶"的诗句。茶碗上也写了些什么。文政八年（1825），竹田四十九岁时制作。不过，我对茶器作者和日本风格玉露茶的制作方法一向淡漠，只顾饮茶罢了。战败之后喝美式咖啡，想想有点大逆不道，什么也不想，只管喝就是了。我继续遥望桌上一千年和两千年前的东西方偶人。

　　我由罗丹雕制的青铜的手，想到亡友横光利一君的手；由侍童[1]的能面想到了横光君的脸孔。两者似乎近似。我的这种心理活动说明什么呢？今天观看大相扑回来再看古代偶人，又想起力士和舞妓的身姿。其间，我又看了京都舞踊。相扑力士和舞妓的体格与风俗是否反人性姑且不论，当时我只是服从传统习惯而看了。然而，一旦发现现实存在的两个极端，我就会产生异样的感觉。

1　原文为"喝食"，指禅寺用餐时一边向僧众报告饮食种类及食用方法，一边伺候饮食的庙童。

古希腊的陶制偶人和古代中国的陶俑，并列于日本的我的书桌之上，想想就觉得有些异样。既是生之欢乐，又是生之恐怖。

但这件陶器很难认定是两千年前的古希腊姑娘。这件是写实性的，六朝的陶俑是象征性的。从这两个小小偶人身上，可以感受到东西方漫长的交流。而今，我只把这两件偶人作为现代之物加以谛视。我以为作为当今的东西也很美丽。这样一来，我的书桌上，我们的美已经活了一两千年以上，也许还要继续活上一两千年吧。相扑和舞妓扭曲的美，使得我们如此执着和依依难舍，这才是我们的悲哀。

昭和二十五年（1950）十二月

美丽的日本与我 [一]

春日樱花夏杜鹃，朗朗秋月雪冬寒。

这是道元禅师[1]一首题为《本来之面目》的和歌。

出云伴我冬月风，霜雪浸身彻骨冷。

这是明惠上人[2]的一首和歌。有人求我题字，曾书以赠之。

明惠的这首歌，附有堪称"歌物语"的漫长

1　道元（1200—1253），镰仓时代禅师，日本曹洞宗始祖。编写有75卷本的《正眼法藏》。

2　明惠（1173—1232），镰仓时代僧侣，被称为华严宗中兴之祖。

而详尽的序文，阐明这首歌的意旨。

元仁元年（1224）十二月十二日夜，天阴月暗，入花宫殿坐禅。比及中夜，出观[1]之后，自峰房归下房时，月出云间，光映雪上。山谷狼吼，而以月为友，毫不惧怕。入下房后，再观之，月光复昙，隐隐云中。闻后夜钟声，又登峰房时，月复出没于云间。抵峰欲入禅堂时，月复追云而来，似乎欲躲入对面之峰。人不知月伴我行乎？见之作此歌。

接着：

但见山端明月倾，此时已到峰禅堂。

月随我入峰顶堂，夜夜为友照寝床。

明惠是彻夜关在禅堂内，还是黎明之前再回

---

[1]　和尚闭关修行愿满之后则为出观。

到禅堂的呢？

观禅之暇睁眼望，见残月之光映窗前。我身在暗处见此，又觉澄静之心融于月光之中了。

无边清澄之心的光芒，是我之光还是月之光呢？

有人称西行[1]为"樱之诗人"，与此相对，明惠被称为"月之歌人"。

> 明月明月啊，明月明月明月啊，明月明月啊。
>
> 明月明月明月啊，明月明月明月啊。

这首歌只是一连串感叹的声音。即使是自夜半至拂晓的《冬月三首》，也以"咏歌实不以为歌"之趣（西行语），率直、纯真地与月对话，以三十一文字表达较"以月为友"更加亲密之情。我见月即为月；月为我见，月亦为我。没入自然，

---

1 西行（1118—1190），俗名佐藤义清，平安朝末期僧侣、歌人。著有歌集《山家集》。

同自然合而为一。故而，残月或许将黎明前坐在黑暗禅堂里僧人的"澄静之心"的光明，当作是残月自身的光明了。

《伴我冬月》这首歌，正如长序中所述，是明惠进入山顶禅堂后，将思索宗教与哲学之心同月实行微妙的相应相交而吟出的。我之所以借此为人题字，或许是因为将这首歌作为诚实亲切、温驯多情的歌儿接受下来了。入云出云，照亮我往返禅堂之足，不再使我惊骇于狼吼之"冬月"啊，不觉得风儿侵身、霜雪寒凉乎？我将此看作自然对人类的温暖、深沉与细致的关爱之歌，和蔼可亲的日本人的心灵之歌，题赠予人。

以研究波提切利闻名于世、对古今东西美术博学多识的矢代幸雄博士，将"日本美术的特质"之一归结为"雪月花时最思友"这句诗语。见到雪的美丽，见到月的美丽，亦即亲眼看到四时之美时，获得邂逅美的幸福时，则思友愈切，愿与之共享此乐。就是说，美的感动，强烈诱发怀人之思。这一"友人"亦可广义地理解为"人类"。

还有，在日本，表现"月、雪、花"四季变化之美的语言，表现山川草木、森罗万象，以及自然界的一切，包括人的感情在内的美的语言，皆属于传统。而且，日本的茶道也以"雪月花时最思友"为其根本的精神，茶会也就是"感时之会"，于好时节召集好朋友相会一处。——因之，我的小说《千羽鹤》，被理解为日本茶道的精神与形态美，是错误的。那是我对如今世上俗恶之茶道保有怀疑与警惕，甚至加以否定的作品。

春日樱花夏杜鹃，朗朗秋月雪冬寒。

道元这首歌，也是吟咏四季之美的歌。自古以来日本人将春夏秋冬中最喜爱的自然景物的代表，随意列出四种来，寻常、老套、平凡，可以说再没有比这更不像和歌的和歌了。可是再举一首另一位古人类似的一首歌，即僧良宽[1]的辞世歌：

---

[1] 良宽（1758—1831），号大愚，江户时代曹洞宗僧人、诗人。

安留遗品在俗世，春花秋叶山杜鹃。

这首歌和道元的歌一样，与其说是将寻常事物用寻常语言毫不经意地说出，不如说是随心所欲，于连缀重叠之中，传达出日本的真髓。何况是良宽的辞世歌。

烟霭迷离知春永，竟日与子弄手球。

风清月朗融融夜，彻曙共舞惜残年。

不是与世两分离，只因独爱逍遥游。

作者因居于草庵之中，身裹粗衣，徘徊于野径，与儿童嬉戏，与农夫交谈，这些和歌的精神与生活，对于宗教与文学的深意，不是用难懂的语言，而是以"亲切浅显"的无垢的言行表达出来。良宽的诗歌与书风，超脱江户后期、十八世纪末至十九世纪初、日本近世之俗习，达到古代高雅之境。即使其书与诗歌备受现代人喜爱，良宽辞世时也没有留下任何可以称作遗物的东西，他也不想留下任何东西。自己死后，大自然依旧美丽，或许这就是自己留给这个世界的遗物吧。这首歌，非但饱含着日本自古以来的精神要素，同时也能从中窥知良宽的宗教之思想。

久久盼君君不至，今日相见何所思。

良宽还有一首表达爱情的歌，我也很喜欢。六十八岁老衰的良宽，同二十九岁的年轻女尼贞心相遇，陶醉于美好的爱恋之中。这首歌，既可作为邂逅永恒女性的喜庆之诗，亦可看作是久等不至、如今飘然而来的欢乐之歌。"今日相见何所思"，充满率直的真情。

良宽死于七十四岁。他生在越后，与我的小说《雪国》是同一个雪国——那地方面临自西伯利亚越过日本海吹来的寒风，亦即"里日本"的北国，今日的新潟县。他一生都是在雪国度过的。

他日渐老衰，知死期将临，而心性澄澈，一派明净。可以想象，这位诗僧"临终的眼"，似乎依然映照着辞世歌中所表达的雪国自然之美。

我写过一篇题为《临终的眼》的随笔。文中"临终的眼"这个词，是从芥川龙之介自杀的遗书中摘引来的。这是全篇文章里最能打动我心的一个词语。使得"所谓生活力"的"动物性力量"，"次第消失"。

> 我如今居住在冰一般透明的、有着病态神经的世界。……但问题是我何时断然自杀呢？大自然在我眼里，比寻常更加美丽。既热爱自然之美，又一心企图自杀，你一定在嘲笑我的这一矛盾心理吧？不过，自然之美只会映照在我的"临终的眼"里。

一九二七年，芥川在三十五岁时自杀了。我在《临终的眼》这篇文章里说过：

"不论如何厌离现世，自杀都不是理智的姿

态。即便德行很高，自杀者也远离于大圣之域。"

对于芥川和战后的太宰治等人的自杀，我既不赞美，亦无共感。但还有一位英年早逝的朋友、日本先锋派画家之一，久已考虑自杀。"他平日的口头禅就是，死是最高的艺术，死就是生。"（《临终的眼》）我推测，这个人生在佛教寺院、毕业于佛教学校，他对死的看法，不同于西方人对死亡的看法。"但凡有头脑之人，谁也不想自杀。"由此，我胸中想起一事，即那位一休禅师曾两次企图自杀。

这里，我将一休冠以"那位"二字，是因为他作为童话中的顿智和尚，在孩子中很有名。他那无碍奔放的、非同寻常的故事广为流传。"童儿登膝摸胡须，一休手中鸟啄食。"看起来他是一个极为无心无思、平易近人的和尚，实际上他是一位严谨峻厉、善于思考的禅僧。相传为天皇之圣胤的一休，六岁入寺，初现少年诗人之端倪，同时又为宗教和人生的根本问题而苦恼。"若有神，则救我；若无神，则沉我于湖底，肥鱼腹。"他曾试图以身投湖而被制止。后来，因为一休所在的大德寺一和尚自杀，牵连数人投狱，一休深感其责，"肩头沉重"，入山绝食，决心一死。

一休将那本诗集亲自命名为《狂云集》，并以"狂云"为号。《狂云集》及其续集中，作为日本中世的汉诗，尤其是禅僧之诗中，可以见到那些无与伦比、令人胆战心惊的恋爱诗，甚至有表达闺房秘事的艳诗。一休食鱼，饮酒，近女色，超越禅宗戒律与禁制，将自己从中解放出来。由此而同当时宗教的形骸相逆反，于当时因战乱所崩坏的世道人心中，矢志确立人的实际存在、生命本然的复活。

一休所在的京都紫野大德寺，至今仍是茶道的本山。一休的墨迹悬挂于茶室而被人们所宝爱。我也收藏着一休的两幅墨迹，其中一幅写着这样一行字："入佛界易，入魔界难。"我被这句话所打动，自己也经常提笔书写下来。这句话的寓意可作多种解释，要想进一步深入探讨，则境界无限。"入佛界易"之后再加以"入魔界难"几个字的一休禅师，永远活在我心中。那些探求真、善、美之终极的艺术家，也有"入魔界难"的感慨、恐惧与祈求的心愿，或显露于表面，或深藏于内里，此乃命运之必然。失去"魔界"，则没有"佛界"。而且入魔界更加困难，意志薄弱的人根本做不到。

逢佛杀佛，逢祖杀祖。

这是广为人知的禅语。若将佛教宗派分为他力本愿与自力本愿，自力的禅宗也会有如此激烈严峻的语言。他力本愿真宗的亲鸾[1]所说的"善人往生，况恶人乎"和一休的"佛界""魔界"之说既有通达之处，亦有相异之途。这位亲鸾还说过"弟子无一人"，"逢佛杀佛，逢祖杀祖"。"弟子无一人"，抑或也是艺术严烈之命运吧。

禅宗没有偶像崇拜。禅寺虽然也有佛像，但

1　亲鸾（1173—1263），镰仓时代僧人，净土真宗始祖。

修行场所、坐禅思索之堂则没有佛像、佛画，不备经文，瞑目，长时间坐着，无言，不动，随之进入无念无想之境。灭"我"成"无"。这个"无"字，不是西洋风格的虚无，相反，是万有自在来往的空，是无涯无边无尽藏的心灵的宇宙。禅也有师指导，与师问答而受启发，习学禅的古典，这是当然的；但思索之主，始终是自己，开悟也必须凭借自己之力而实现。而且，直观强于论理，内在的觉醒与悟道比学习其他更为重要。真理"不立文字"，在于言外。以求维摩居士"默如雷"之极致。中国禅宗的始祖达摩大师所言"面壁九年"，是一直面对洞窟的岩壁而坐，沉默思考，最后达到开悟。禅之坐禅，即来自这位达摩的坐禅传说。

> 问则言，不问则不言，达摩大师心中自有主张。（一休）

一休另有一首道歌：

若问心灵为何物，恰似画中松风声。

这也是东方绘画的精神。东方画的空间、余白、省笔，也成为此种水墨画的中心。"能画一枝风有声"（金冬心[1]）是也。

道元禅师也有"君不见，竹声悟道，桃花明心"这句话。日本的花道、茶花的名家池坊专应在他的《口传》中也写道："仅以小水尺树，现江山数程之胜机，于顷刻间，催发千变万化之佳兴，堪称仙家之妙术也。"日本的庭园象征着广大的自然。西洋庭园的建造讲究均衡，两相比较，日本的庭园大都建造得很不均衡。不均衡比均衡多，或许这样更能象征众多与广大的缘故吧。当然，此种不均衡是以日本人纤细微妙的感性而保持平衡。日本的造园复杂、多趣、绵密，因而也就更加困难，再没有比此种造园法更难的了。所谓"枯山水"，就是将岩石和石子紧紧堆积组合的造园

1 　即金农（1687—1764），字寿门，号冬心先生，清代书画家，扬州八怪之首。

法。通过"石头的组合"，在那里建立从未有过的山、河，还有翻卷着巨浪的大海洋。这种极端的凝缩，就成了日本的盆栽、盆石。"山水"这个词，包括山与水，也就是自然之景色，山水画也就是风景画、庭园等意思，直到"古朴优雅""寂寞寒酸"等意思。可是，"和敬清寂"的茶道所崇尚的"侘寂""闲寂"，不用说，自然隐藏着丰富的心灵。极为狭小和简素的茶室，反而满储着无边的广阔与无限的优丽。

利休也说过，要使一朵花比百朵花更加艳丽，满开的花不可做插花。今天的日本茶道，茶室的壁龛里大都是一朵花，而且多数是蓓蕾。冬季有冬季的花，例如名为"白玉""侘助"的山茶花。于众多品种的山茶中挑选小朵、色白者，只限于一枝蓓蕾。无色之白，最为清丽，同时具有最多之色。而且，这枝蓓蕾一定要含露，并用几滴水润湿花瓣。五月，将牡丹花置于青瓷花瓶，作为茶室装点最显豪华。此牡丹花依然是一枝白色蓓蕾，而且也应含露才行。不仅花瓣淋水，还要预先将插花用的瓷瓶用水濡湿。这种例子也不少见。

日本的插花瓷瓶中，品位最高、价钱最贵的古伊贺（约十五六世纪）濡于水中则如美人苏醒，艳丽生色。伊贺瓷用强火烧制，其焚物（燃料）的草灰和炊烟降落下来，粘在花瓶上，流离下来。随着热度的减弱，凝结为釉药。并非由陶工手制，而是出于窑中自然之技艺，方生出五彩之缤纷，堪称"窑变"。伊贺瓷的涩滞、粗犷和强劲，一旦含有水汽，则光艳照人，与花露相呼吸。预先将茶碗置于水中，使之濡润，成为做茶道的一项规矩。池坊专应所说的"山野水边天然姿"（《口传》），被当作自我流派的新花道之精神。破器枯枝亦可有"花"。于此，有花则有悟。"古人皆插花而悟道。"因禅宗的影响，日本人的审美之心方见觉醒。这也是生活在长久内乱的荒废之中的日本人心灵的展现。

日本最古的和歌物语集以及包括众多短篇小说的《伊势物语》（成书于十世纪）之中，有一段在原行平插花招客的故事：

> 好事者养花于瓮中，其花中有艳冶之藤
> 花。花蔓长及三尺六寸也。

所谓花朵长垂之藤，何等妖艳，甚至令人难以置信。我有时感觉到此种藤花是平安文化的象征。藤花，按日本人的说法，代表女性的优雅，垂首盛开，摇曳于微风之中，轻柔谨严，婉转动人。其婀娜之姿，隐现于初夏绿色之中，楚楚可怜。其花蔓长达三尺六寸，真是奇艳无比啊。日本善于吸收唐朝文化，并加以日本风格的消融吸收，于千年之前确立了日本的美，这也像妖艳的藤花蘧然盛开，堪称异样的奇迹。和歌方面，最初的敕撰和歌集《古今和歌集》；小说方面《伊势物语》、紫式部的《源氏物语》、清少纳言的《枕草子》等，是日本古典文学至高无上的名作，创造了日本美的传统。与其说影响，不如说统治了以后八百年间的文学。尤其是《源氏物语》，贯通古今，为日本最负权威的小说，直到现在，未有其他小说能与之相比。十世纪的时候，就能写出如此具有近代风的长篇小说，作为世界之奇迹，为海外所广泛知晓。少年时代的我，读起古文来似懂非懂，我所阅读的众多平安文学中，《源氏物语》深深渗入我的内心。继《源氏物语》之后，日本小说创作，悉皆向往这部名著，竞相模仿改编，此种风气延续数百年之久。和歌不用说了，从美术工艺到造园，《源氏物语》成为最深最广的美的食粮。

紫式部和清少纳言，还有和泉式部、赤染卫门等著名歌人，都是在宫中供职的女性。平安文化一般都出自她们之手，是女性的文化。《源氏物语》和《枕草子》的时代，是此种文化最兴盛的时期，也就是从烂熟的顶峰向颓废倾倒的时代，虽然荡漾着荣华绝顶的哀愁，但由此使人看到了日本王朝文化灿烂的盛时。

不久，王朝衰弱，政权由公卿移向武士，镰仓时代开始。武家政治一直延续到明治元年

(1868)，约七百年。然而，天皇制和王朝文化并未湮灭，镰仓初期的敕撰和歌集《新古今和歌集》进一步推进平安时代的《古今和歌集》技巧作歌法，虽有玩弄语言之弊端，但重在妖艳、幽玄、余情，增添感觉的幻想，同于近代的象征诗。西行法师就是这两个朝代即平安与镰仓相连接时代的代表歌人。

床上相思见君难，明知是梦何必醒。

梦中屡见情郎面，醒后无法看一眼。

这是《古今和歌集》中小野小町的歌。既是梦中之歌，又是率直的现实之叹。接着，经过《古今和歌集》之后，进一步变成了微妙的写生：

群雀声声鸣竹梢，斜阳尽在秋色里。

庭院秋风侵身凉，夕照东墙影自消。

镰仓末永福门院[1]的御歌，是日本纤细的哀愁的象征，我感到与自己十分亲近。

吟出"春日樱花夏杜鹃，朗朗秋月雪冬寒"的道元禅师，以及写出"伴我冬之月"之歌的明惠上人，大致都是《新古今和歌集》时代的人。明惠与西行以和歌赠答，也经常谈论和歌。

西行法师常来交谈，曰：凡读我歌者，会觉得与寻常迥然各异。樱花、杜鹃、月、雪等，虽然寄兴于万物，但所有这些都是虚妄的，遮蔽了眼睛，充斥着两耳。所读出的语句尽皆非真言乎？咏花并不认为是真花，咏月则不认为是实际之月。只是如此地随缘随兴，且咏且歌。犹如彩虹，悬留于虚空，五彩缤纷。又像阳光灿烂，照亮虚空。然而，虚空本不明耀，且为无色之物。我于此虚空之心灵上虽饰以种种色彩，但未留下踪迹。

1　即西园寺鏱子（1271—1342），院号永福门院，镰仓时代女诗人、伏见天皇的皇后。

此歌乃如来真形体也。

——摘自弟子喜海《明惠传》

日本，或东洋的"虚空"以及"无"，于此也都说得很好。有的评论家说我的作品就是"虚无"。西洋流的所谓虚无主义这个词并不准确。心灵的根本迥然各异。道元的四季歌，虽然也以《本来之面目》为题，但一边歌颂四季之美，一边强烈表达了禅宗的法理。

昭和四十三年（1968）十二月

一

秋之野

秋之野上铃声响，

不见行人在何方。

　　秋天的原野响着巡礼的铃声，然而，看不见巡礼的姿影。是隐蔽于树木之间，还是遮掩在芒草丛里呢？那里的树叶变色了，也许正簌簌凋零了吧？那里的芒草的尾花泛白了，或者已经枯萎飘散了吧？抑或那些巡礼者，早已去了看不见的远方，只有铃声如"远音传响"的晚钟，在秋风里时断时续、如梦如幻了吧？不，不是"不见行人"，而是从一开始就没想着看见巡礼的姿影，只要耳边传来巡礼者叮咚的铃声就够了，不是吗？"今天又有巡礼者通过呢。"就连这么点思绪也没有了……

　　类似这种模棱两可的解释真叫人羞愧。其实，"野上铃声"的"野"与"铃"发音为 no-beru，不过是玩弄一下字眼罢了。一方面使"野上铃声"和"秋之野"在季节上贴合，一方面配上"不见摇铃的行人"，字数也大体相当。我把这首即兴的俳句用毛笔大字写在纸上。书斋里铺开全幅的书简纸，端溪砚里也研好了墨。诺贝尔文学奖公布那天半夜之后，我一个人关在书斋。我要是坐在客厅和茶室，或者到处转悠，我就无法甩掉那些蜂拥而来的"新闻记者"，我就会陷入没完没了的照相和一个接一个的追问之中。亲友们不忍心看到这一点，就把我赶进里头的书斋，躲藏起来。美联社抢先打电话通知了我评奖结果，从接到他们的电话直到深更半夜，我都独自一人闷在书斋，这段时间，我如临大敌，诚惶诚恐。然而，我没有惊慌失措，六神无主。至少，我自己感觉是这样。呼吸，脉搏，和寻常一样。"算啦，就到这里吧"，我对记者们有些生气，只有这时候我才感觉心跳加快。当然，也不是说我可以不顾及家中的骚乱，独自待在书斋里看书，我还没有沉着到这种地步。首先，那副姿态即便没人看见，也只是装腔作势，摆摆架子罢了。因此，我就写字。尽管写下的只是一句戏作，书法可以使我统一身心，静思凝神。

特地憋足气力，一心求好，这是书法的邪道。身边人就有这样的好例子，山水楼主人、宫田游记山人[1]作"合目之书"，是闭着眼睛写的，达到了无心寡欲之境。而且，积长年习练之工巧。近来，我得到许多山人之书，观之皆作如是想。但是，我并不打算立志修成此种境界。等活到八十岁，万一有幸得此长寿，我到那时候再做努力吧。眼下还只能使出浑身解数，不怕捉襟见肘，画虎类犬。虽然如此，也还是不合章法，闭门造车，草率成篇。假如能获得诺贝尔文学奖，那就在我死前一年颁发给我好了。对于一个作家，这样最合适，但偏偏不能凑巧。所以，只得在心底里祝

1　即宫田武义 (1891—1993)，书道家、收藏家。名武义，号游记山人。

愿："哦，那小子拿到了，太好啦。"世人淡然一笑，随后一风吹过。——这样才好。我不会把诺贝尔奖获奖作家的奖章和纪念章挂在胸前。我的英文译者赛登施蒂克[1]氏首先打来电话说："先生，没想到吧？很惊讶吧？我也很吃惊。"对于我来说，这才是最符合真实状况的问候，我就像他说的一样。"他们就是那种作风，中了奖我也不打算向对方表示什么。"听到我这话，赛登又说道："这就是表示，也还是高兴。"他还告诉我，前天晚上，他到大仓饭店来，同我的妻子以及一位出色地帮助处理家中纷乱的妇女，还有我的女儿，一起去GOGO舞厅和六本木寿司店的时候，都没有想到，这结果太让人惊奇了。赛登并非怀疑我的作品是否够诺贝尔奖的资格，他只是和原作者我一样，都感到出乎意料，十分惊讶。赛登氏曾半公开宣称，除了日本古典文学之外，在现代作家中只翻译我一个人的著作。他读我的书，所以很了解我。

1　爱德华·赛登施蒂克（Edward George Seidensticker，1921-2007），著名日本研究专家、翻译家。

这也许出于赛登氏的顽固和偏执吧。

听到获奖消息当时，我就向赛登氏提出，希望他一道去斯德哥尔摩参加授奖式，赛登氏欣然接受了我的邀请。我约请赛登氏仅担任我在授奖式上讲演的文字翻译和口译，其余的口译，请巴黎的岸惠子小姐担当。公布获奖之后，我在接待络绎不绝的来访客人的间隙，偷空儿到镰仓街上散步，走了一段很远的路程。恰巧这时，巴黎的岸小姐打来祝贺电话，她说明天再打来，于是我就在家里候着她的国际电话。前一天散步回来后，一听说有惠子小姐的电话，我就立即想到请她做我的口译。我向她提出后，她很高兴，在电话里马上就决定下来了。她还说，自己在巴黎举行婚礼，见面时请我做她的证婚人。还说，相皮君也想跟我说几句话，不用说，这位相皮君的法国话我一句也听不懂。

我和赛登等人在GOGO舞厅待了不到一小时，安田善一先生前来会面，确实是一次"感动的会见"。诺贝尔奖公布的当天，我从白天起就为安田先生新建的大楼题字，写了简明的献词："兹将这座大楼献给父亲安田兴一。善一。"再注明年月，添加上"川端康成书"几个字。雕刻在一米见方的大理石上，需要相当大的字，书简纸的宽度是不够的。我从今年初夏开始，为川越市作岩崎胜平墓表，为宫崎县若山牧水纪念馆写牌子，为高知县上林晓诞生地写文学碑，十月十七日又开始为新宿安田先生的大楼作献词，我不知道一天能完成，还是要花两三天时间才行。书简纸时而渗墨，时而干涩，字写得不好也可以藏拙，但是不适合刻在石头上。从东大学习美术史那时起我们结识四十年了，为了安田先生，为了他祭奠先考的一颗忠诚的心，为了这座纪念碑式的崭新而优美的建筑，我也想献上一幅好字。写了一天，不知是第几张了，刚写了开头五个字，被叫去吃晚饭。接着打算回到书斋继续写，刚一坐下，随着走廊上跑来的脚步声，说是有电话告诉中奖了。夜半过后被赶进书斋，但不可能再写大理石的刻字，于是就随意写下"秋野铃声"这首俳句。

十月二十八日，终于结束了废寝忘食的十二天，从繁忙中逃脱出来，想去会见东京古美术商和参观画廊。为了写完那幅字，我一人住在东京一家饭店，第二天早晨六点起床，就坐到桌子前边了。但头天晚上因为会见赛登氏，没来得及到那两家店里，今天想去，所以坐不安稳。先给一家商店的老板家里挂电话，上午九点赶在老板上班之前，我先到达那家商店，于是，我欣然拜读了日莲上人[1]的信，对一休禅师的和歌也豁然贯通。那首和歌题名"心"，歌曰：

> 向西走，
>
> 向西走，
>
> 只要一心不乱，
>
> 纵有十思难违。

"向西走"本是指到西方净土寻求极乐往生，

1　日莲（1222—1282），镰仓时代僧人，日本法华宗、日莲宗、日莲正宗皆以他为始祖。

今天我的解释是：摆脱此种"念佛"的意味，回归本心、本性和本愿。这和从前看到这幅歌轴时不一样。如今我之所以茅塞顿开，也许是托诺贝尔文学奖的福，或者说这首歌启迪了我，教我从中奖的拘禁中解脱出来吧？

昭和四十三年（1968）十二月

一

夕之野

"心"字写得很大，下面的歌散为五行。第五行是"纵有十思难违"的最后一个假名，占整个一行。款识分写于和歌两侧，右面是"赠紫之纯藏主"，左面是"四条唯阿弥陀佛书之"。钤印两方，右为"一休"，左为"国影"。据田山方南先生解释，"四条"似乎指游行寺派时宗的四条道场金莲寺，一休受该寺一个叫唯阿弥陀佛的人之托而书就。[1] 如果"唯阿弥陀佛"是人名，那么就是一遍上人流派的念佛僧本人的名字。一休不拘泥于自己的禅宗，写下了这首称扬对方念佛思想的和歌。

1　参见《古美术》二十号，昭和四十二年（1967）十二月发行。

以前我看到"心字和歌"的挂幅时，为"心"
这个大字的沉静高远所吸引，因为我当时也忝列
杂志《心》的同人，但对于"西方净土、极乐往生、
一心念佛"的和歌并不注意。然而，十月二十八
日再次看到这幅挂幅的一瞬间，这首歌的意思便
了然于心了。

　　　　向西走，

　　　　向西走，

　　　　只要一心不乱，

　　　　纵有十思难违。

　　这是念佛歌，同时又是禅歌，意思是"只要
内心方正无邪，不论有何想法皆不会违扰道义"。
就是说，本根坚实融通，任其想些什么做些什么，
都不为过。本性不移，他皆可狂！只求圆融无碍，
根深蒂固！

　　我一旦开悟，就被这首"心字和歌"猝然攫
住了。于是，我感到了昨天自己的一种不自由。

昨天，我在银座画廊有幸提前看到了准备展出的绘画，无论是马奈画的女人像，还是日本人喜欢的莫奈笔下的风景，还有德拉克鲁瓦的侧面妇女像上宝石般的小点，都使我振奋不已。老板还把马奈在画稿纸正反两面所描绘的墨线图借给我，说带回家慢慢欣赏吧。

我拿着画路过一家熟悉的洋货店，经理说有一件大衣叫我务必试穿一下，披上一看，尺寸正合身。面黑内红，我自然对红色的里子犹豫起来。店里人撺掇说，这可是伊丽莎白女王和其母后的御用商店制作的，是英国王室风格的式样，里面的胭脂红也是王室的高雅之色，对于过了花甲将近十年的我，红色里子最为难得。对此，我这个有些轻佻和浮华的人动心了，可是同行的妻子皱着眉制止了我。朋友的女儿也很感兴趣，极力怂恿，结果，我还是打消了这个念头，因为我害怕朋友看到我被诺贝尔文学奖冲昏了头脑。假如没有这个奖，我很可能买下这件吊着美丽的胭脂红里子的大衣。能够随意解说一休"心字和歌"的我，却囿于这个奖项，未能毅然买下这件红里子大衣，昨天的自己真是太可鄙了。"十思难违"的自由，不能因获个什么奖而丢弃啊！

我说过，如果能拿到这个奖，最好是在我死的前一年。之所以这么说，我就是因为想到会遇上这类事情（当然，我不敢保证今年不是我死的前一年）。不用说，作家应该是个无赖子、流浪汉，荣誉和地位都是障碍。太多的不遇使得艺术家的意志薄弱、不耐劳苦，说不定就连才能也会萎缩，但相反，声誉也很容易变为才能衰亡的根本。受命运支配的我一直难于和命运抗衡，今后还会受到它的关顾。

我的故乡茨木市，这回发布名誉市民令，想把我推为第一号。市长和市议会的人日前到我镰仓家里来告诉我这件事情。当今时兴的文学碑，听说在我毕业的高中（当时是初中）和我的村庄故家前面也要建立起来。辞退已经很困难，很麻烦。我跟他们说，既然是个小说家，肯定会有"不光彩"的言行，肯定敢于写下一些离经叛道的作品。没有这些，小说家就会死灭。所以总有一天，人们会觉得还是取消"名誉市民"的称号为好，这样的事迟早会发生。我反复强调这一点，市里的人就是不同意。获奖是当年一年中的事，因为是文学奖，作家的无德行为能够理解，而"名誉市民"是持续一生的资格，心理上的压力更大。我希望能摆脱一切"名誉"，给我自由。

本来，我一到外国，就如鱼得水，自由自在。可是，这种自由似乎也早已失掉。今天，是十一月二十四日，星期天，傍晚，我在六本木下车，被五六个外国人抓住，又是握手，又是祝贺，嘴里咕咕呶呶叫着"川、川"。我以为是美利坚合众国的大使馆官员，听着听着，才知道他们是多米尼加共和国大使馆的官员及其夫人们。我说要到多米尼加大使馆办事，他们这才放开紧紧握着的手。今天早晨，在饭店的药铺里，我碰到了瑞典大使的儿媳妇，跟她在一起的老妇人有一册英译本，我给她签了名。这位大使的儿媳妇是新闻记者，到镰仓家里来过两三趟，所以我俩很熟悉。

今早她特地给我引见了她两个可爱的孩子，一男一女，似乎都在上幼儿园。他们高兴地同我握了手。从这个月十二日起，我到京都玩了一周，兼办一些光悦会的事情。那时候，参加世界博览会的各国首席代表都住在都饭店，马耳他总理给我介绍了一位很稀奇的读者，说他把我的书的译本全都买下来读完了。我还以为他是法国代表，一看名片，方知是葡萄牙代表。听说公布我得奖消息的第二天，大仓饭店的书店里还剩下一些塔托尔[1]版的我的书的译本，售完之后，当天又有二百多个外国人跑来买书。各国报社得到书之后，根本来不及找人阅读，西班牙报纸干脆把我的大幅头像登了上去。

秋之野上铃声响，

不见行人在何方。

1　指日本最大海外版权代理公司东京 Tuttle-Mori Agency，1989 年与 Big Apple 合并更名为 Big Apple Tuttle-Mori Agency。

寂寥而悲凉的句子！较之写下这首戏作那天夜里的思绪，诺贝尔文学奖给予我的还要更深一层。接受外国人祝贺，为他们签名，没完没了，弄得我战战兢兢。接着"野上铃声"的戏作又写了下面的一首戏作：

夕阳辉耀野原阔，

钟漏远闻秋已深。

这里的"野"和"钟"也一起读作 no-beru。但是，"铃声行人"这首巡礼俳句，写的是我少年时代故乡的景色。其中，也包含着我的一种愿望：我的日本风格的作品也像这秋野巡礼的铃声。看不到巡礼者的身影没关系。巡礼的铃声是哀伤的、寂寥的。那些踏上巡礼之途的人的心底，不知道栖息着什么妖魔鬼怪呢！日本的秋天，原野上晚霞辉映，远钟传响，声声渗入人的心胸，长存不息，自己的作品也该是这样的啊！我把这种心愿纳入这首戏作俳句之中了。我自身也许早就变成深秋的晚霞了。

先头一羽穿云至，
漠漠秋空群鹤翔。

写下前一首俳句两三天后，听到电视新闻里报道，鹤群由北国来到日本的时候，先有一只鹤最早飞来。我要是能从北国获得诺贝尔文学奖，那么，可以得到这项奖赏的作家，日本自然还有好几位。对不起，我先走一步了。就是这么一首奇怪的俳句。——同一休"心字和歌"一道儿，日莲写给四条金吾女官的信，也被我借来，带回了旅馆……

昭和四十四年（1969）一月

一

虽为女人

日莲上人的信，初见起来，爽然可诵。首先感到的是，优秀抽象画般流动的线条，音波跳跃似的韵律的声音。至于文章之高妙，传承之优秀，其后听他的话，静心观之，便可明白。有关日莲的书道中，伪劣和可疑者无限，但即使对于日莲墨迹尚不熟悉的我来说，只要一眼瞥见，即成为进入胸中的第一印象。一休禅师的《心字和歌》，作为一休之书，真诚朴实，没有显露出那种奔放峻厉之风，大字的"心"字十分沉静，歌的假名字母部分，笔墨细腻、郑重、柔和。据田山方南[1]氏的解说，大德寺珍珠庵传承的《法堂再兴书状

---

[1] 田山方南（1903—1980），文部省国宝鉴定官，日本与中国禅僧墨迹研究专家，编著《禅林墨迹》等。

之假名消息》两幅，以及一休情人《森盲女画像赞》和歌一首等，书风笔意相通。而且原书骑缝钤有紫金印，底色为浓萌黄地波形唐草销金纸，天头为白茶、地脚为牡丹花纹彩底，上下浓灰色，全幅端然整饬，色调高雅，一如方南氏所言。

日莲上人的《四条金吾殿复女房书内文第十一页》，也附有方南氏的解读。

　　身为女人，眼见当舍弃之时，若大将军心软，而从之亦无益。弓弱则弦松，风静则浪小，自然之理也。然左卫门殿，身为法华经之信徒，乃于俗界中全日本无与比肩者也。与之相随者，日本第一女人，乃为法华经中佛称龙女也。

这一段中间有断句，"佛称"应为"佛陀称之"。开头的"身为女人"，则前当接"佛称龙女也"。当然，日莲遗文集中自应全文收入。此遗文集乃我十月二十八日于古美术商处所亲见。自那日至十一月之今日，因处于受奖通知期间，匆忙无暇。此乃因属我个人名誉而忘乎所以（妻卧病不起，下人皆疲惫不堪），未及亲自见证前十枚是否存于遗文集中。据说书简一枚之后，即接以第十二枚而终结。日期为"正月二十七日"，署名"日莲"，有花押。年当为文永十二年（1276），日莲五十四岁。

据闻乃为镰仓高松寺所传，幅后则载有数名日莲宗僧人之鉴定文字。且附有本阿弥光悦所书日莲《如修行抄》之释文。此乃光悦之旧藏，光悦或于十二枚中取走最好之一枚，但具体情况不得而知。此外还附有不知是小堀远州[1]还是松平不昧[2]公的题字的函盖。光悦所书《如说修行抄》之行文如下：

（当其时）日莲蒙佛教受生于此土，虽

1　小堀远州（1579—1647），江户初期茶人，造园家。远州流茶道之祖。

2　松平治乡（1751—1818），号不昧，江户后期大名、茶人。著有《赞言》等。

时刻不祥，因难于背离法王之宣旨，遂听任经文。起权实二教之军，着忍辱之铠，提妙教之剑，高举一部八卷中心妙法五子之旌，张未显真实之弓，搭正直舍权之箭，乘大白牛车，猛破权门，处处追击念佛、真言、禅律等，谴责八宗十宗之敌人；或逃亡，或引退，或以被俘者做我子弟。或虽攻陷，但敌方势盛，法王一人则无势。至今，（军）无止息。法华折伏破权门理之金言，退而独自一人攻陷权教权门之辈，成为法王之家人，天下万民，皆成诸乘一佛乘，得以妙法独……

　　此处中断了。"妙法独"下面应接"将繁昌之时，万民一同唱诵南无妙法华经"。这幅附加挂轴，据方南氏解说："京都市本法寺，有相同笔墨的光悦《如说修行抄》一卷（被鉴定为重要美术品）。此书亦为光悦亲笔，或许是写上述本法寺之前的稿本，或者是前言，句读、假名字母皆省略，且于正文不该终了之处而搁笔。"光悦是日莲信徒，当不会将自己书写的"正文不该终了之处而搁笔"这幅字亲自附载于宗祖之书。而且因是信徒，更应谨慎书写才是。看起来很像"前言"。

十一月十三日，我偕妻子游光悦会，同大佛次郎氏夫妇、狩野近雄氏夫妇、水上勉氏夫妇，以及古美术商们，坐在光悦墙前边的马扎上，一边欢谈，一边将"片片时雨，光悦墙上的红叶啊"或者"胡枝子红叶"等盆作，送给狩野夫人看。当谈起日莲的书简时，鉴于光悦寺自然也是日莲宗，遂将日莲的这幅书简挂在壁龛里，并附以光悦之书，这也是颇有意思的事。为日莲所称言"于俗界中全日本无与比肩之法华经信徒"四条金吾的旧邸，就在镰仓我家附近，我经常到那里拜访。

昭和四十四年（1969）一月

一

不灭的美

美一旦出现于这个世界，绝不会灭亡。诗人高村光太郎[1]这样写道："美，虽然连续不断地演变，但以前的美不会死去。"民族的命运，兴亡乃无常，其兴亡之后所保留下来的，就是这个民族所具有的美。其他东西，只留存于传承与记录之中。"崇尚美的民族，就是崇尚人的灵魂与生命的民族。"

这些话皆因写的人与写的时代的关系，而渗入我胸中。那是昭和二十八年（1953），日本投降八年、和平条约生效翌年，日本战败的虚脱、荒废与混迷尚未治愈。写下这些话的老诗人，因战

1　高村光太郎（1883—1956），诗人、雕塑家，著有诗集《智惠子抄》等。

时高唱战争赞歌，战败后作为战犯受到世间指责，诗人自我忏悔为"暗愚"，遂隐遁于东北寒冷地带的小屋，自谓"流窜"而终其一生。这是他晚年的话。

高村作为雕刻家，曾游学西洋，且具有浓厚的东西古今美术之教养。他所谓"民族具有的美"，自然是世界众多民族的美往来于心中的反应。然而，他说这话时，这个民族已经处于衰亡，但至今仍保留和生存着民族之美。其中一部分尤其强势，为高村所记起。我以为，高村将战败背负于自身，几乎看作是亡国而伤悲。在此基础之上，而想起日本民族之美来，认为这种美不会灭亡，并为之发言。受挫折的老诗人，确信日本美的不灭，从而寻出自我救赎和更生之路。

而我只能为日本的悲哀唱赞歌。战败后不久，我曾经写过，日语中所说的"悲哀"是与美相同的语言，不过，我当时认为写作"悲哀"，更加审慎而又符合时宜。高村光太郎的言语按照我的理解而渗入我心。战时岁月里，我赢得了亲近日本古典文学的时间。现在文学的自由与生动被剥夺了，古典的国粹获得倡导，对我来说，多少也有些诱惑。然而，我所亲近的《源氏物语》（十一世纪初）与室町时代的文学，既使我忘记战争，又是使我凌驾于战时以上的美。

在那个室町时代，自足利义满将军的金阁寺（1397）起，至后来足利义政的银阁寺（1483）为止的所谓东山时代的文学、艺术也引起我的兴趣。长期战乱所造成的荒废、悲惨、穷困的京都，对于美的传统的保存、渴望与创造，都是和战时的我一脉相通的。芭蕉说过："西行的和歌、宗祇[1]的连歌、雪舟[2]的绘画、利休的茶道，始终以一而贯之。且风雅中物，遂造化而与四时为友。所见，无处不花；所思，无事不月。"他阐述自己的风雅美学，所举先人宗祇与雪舟，皆为乱世中人。芭蕉有句云：

1　宗祇（1421—1502），室町后期的连歌师。著有俳句集《老叶》等。

2　雪舟（1420—1506），室町时代的画僧。1467 年渡明朝潜习画艺。作品有《四季山水图》《山水长卷》等。

俗世淹留久，更思宗祇庵。

此句因联想起宗祇"下东国时作于庵室"的俳句而作成。宗祇的原句是：

俗世久居苦，时雨草庵时。

芭蕉还在《奥州小道》写道："古人亦多有死于行旅者。"不用说，他当时心中一定想起了宗祇这个倒毙于旅途的老诗人吧。

对于循着宗祇的生涯、熟知宗祇等人连歌的我来说，弟子宗长的《宗祇终焉记》也存留于心中。八十岁赴越后，八十二岁踏上归途，经信浓、武藏，入相模，明日栖汤本欲越箱根山。"夜半过后，苦不堪言。推儿醒之，言其刚于梦中见定家卿[1]，遂受命吟诵一首和歌：'玉串啊，当绝则绝。'闻

---

1 指藤原定家（1162—1241），镰仓前期歌人。新古今调和歌的代表，开一代诗风。主编《新敕撰和歌集》，编撰有《新敕撰和歌集》《小仓百人一首》，著有歌集《拾遗愚草》。

者则曰：'此乃式子内亲王[1]御歌也。'于是又于千句中寻得前一句，沉吟道：'仰望明月光，遍洒立雕像。'我难于作答。他说：'大家都来作答吧。'随之气绝如灯灭。"

宗祇刚才说，梦中会见藤原定家，尤使我感动。作为古典学者、歌人、连歌先达的定家，在室町时代已是神一般的宗师，宗祇崇慕亦深。此外，我于战争期间，亲近产生于定家时代亦即后鸟羽院[2]的《新古今和歌集》时代的文学。尤其是后鸟羽院于承久之乱中失败，而为北条氏流放隐岐后，依旧继续修订《新古今和歌集》，著有《远岛百首》《远岛御歌赛》等，特别令我感动。流放于佐渡的顺德院[3]，也有补订《八云御抄》以及《顺德院百首》等著作。《增镜》（成书于1368—1376

1　式子内亲王（1153—1201），镰仓时代女歌人，后白河天皇之女。师从藤原俊成习和歌。

2　指后鸟羽天皇（1180—1239），日本第82代天皇，试图推翻镰仓幕府，失败后被流放并死于隐岐。擅长和歌，下旨编撰《新古今和歌集》。

3　指顺德天皇（1197—1242），日本第84代天皇，著有《禁秘抄》等。

年）抒发了后鸟羽天皇于发配之所的悲愁。

后鸟羽院、定家的镰仓前期，还有樱花歌人、羁旅歌人西行，或比定家更为优秀的女歌人式子内亲王，将军歌人源实朝[1]等人。镰仓禅宗兴起，京都高山寺有明惠上人，定家留下五十六年间日记《明月记》，东山时代的三条西实隆[2]留下六十二年间日记《实隆公记》。寻读这些日记，即可发现各人的苦难与时代的纷乱，从中窥见对于文学传统的护持、复兴、创造之志与努力。然而，我在战败的岁月所想的是，应仁之乱时的战乱与苛政早已不留痕迹，只有当时的美流传至今。

我于静冈县荒村寒舍访问了宗长草庵的旧迹吐月峰柴屋轩，那里有《伊势物语》的业平东下时在宇津山脚吟咏的和歌：

> 骏河宇津山，现时与梦幻，未与人相见。

1　源实朝（1192—1219），镰仓幕府第3代将军。实权由北条氏掌握，1219年被侄子公晓暗杀。擅长万叶调和歌，著有《金槐和歌集》。

2　三条西实隆（1455—1537），室町末期公卿。著有歌集《雪玉集》《听雪集》。

还有西行的歌：

老命身骨顽健，喜越小夜中山。

他竟也走近小夜中山。三条西家之墓位于京都二尊院后方小仓山脚下。我经常往访。内大臣实隆墓实在朴实谦恭，布满苔藓。我也将这里写进小说之中。小仓山也是与定家有缘的山。这里距《源氏物语》中的野野宫很近。而且，将定家、宗祇、实隆等人最紧密地结合在一起的古典名著当数《源氏物语》。我思念这一源流。

于檀香山卡哈拉·希尔顿饭店

昭和四十四年（1949）四月

一

美的存在与发现

我在卡哈拉·希尔顿饭店住了将近两个月。有多少个早晨，我坐在伸向海滩的阳台餐厅里，望着角落长台上的一堆玻璃杯。在朝阳下熠熠生辉的美丽景象啊！玻璃杯居然会这般光耀动人，这是我在别的地方未曾看见过的。在法国南部海岸的尼斯或夏纳，在南意大利索兰特半岛的海滨，都未曾看见过，尽管那里的太阳一样明媚，那里的海色一样艳丽。卡哈拉·希尔顿饭店的玻璃杯的闪光将作为一个鲜明的象征，终生铭刻在我的心里，使我永远记住被称为"常夏的乐园"的夏威夷或檀香山光辉的太阳、明朗的天空、艳丽的海色、碧绿的树林。

　　这一堆玻璃杯，虽然像出征的队伍一般整齐

地排列着，但都是底朝上倒扣在那儿，有的叠放了两层，大大小小，紧紧地聚集在一起。这些杯子并非整体都能映到朝阳，只有那倒扣着的杯底的圆弧发出闪闪的白光，像宝石一般耀目生辉。杯子的数目不知有多少，恐怕足有两三百只，这些杯子也并非都在底边圆弧的同一地方发出同样的光芒。不过，相当多杯子在底边的圆弧上都有一个明亮的光点，像星星一般。这一排排杯子散射着一列列光亮，看上去着实动人。

正当那玻璃杯底边的光亮令我赏心悦目的时候，杯体上映着的一片朝晖也渐次进入了我的眼帘。它不像杯底那样强烈，是一片隐约而柔和的光。在阳光灿烂的夏威夷使用"隐约"这个日式的词，也许不尽相称。然而，这杯体上的光线毕竟和底边的那一点光亮不同，它顺着和缓的坡度向玻璃表面扩大开来。这两种光虽然各不相干，但都是那般清莹、美丽。夏威夷的太阳丰盈而明媚，也许得济于清爽而澄洁的大气吧。当我看到屋角餐桌上备用的那堆玻璃杯上朝阳的光辉，大有一番感受之后，为了歇息一下眼睛，便朝阳台餐厅望去。客桌上的玻璃杯已经盛了水或冰，玻璃杯体连同里边的水或冰都映射着早晨的太阳，显得十分深沉，晃动着各种微妙的光亮。这种光亮依然是清莹、美丽的，你若不注意就发现不了它。

玻璃杯映着朝阳反射出的美景，看来并不限于夏威夷的檀香山海滨才有吧。法国南部海岸、南意大利海岸还有日本南部的海滨，抑或都像卡哈拉·希尔顿饭店的阳台餐厅一样，那明媚丰盈的日光也会映射在玻璃杯上。檀香山光辉的太阳、明朗的空气、艳丽的海色、碧绿的树林，通过玻璃杯这种俯拾皆是的寻常用具，使我找到了鲜明的象征。即使不是这样，能够象征夏威夷之美的明显标记、其他地方无法类比的东西当然应有尽有。例如，颜色鲜洁的花朵，姿态婀娜的茂密的树木，此外，还有我未曾得以一饱眼福的、仅在某处特定海面才能观赏到的雨中直立的彩虹，还有那月晕般团团卷裹着月亮的圆形彩虹。这些都是罕见的景色。

但是，我在阳台餐厅里发现了朝阳映射玻璃杯的美景，实实在在地看到了。这美景是我的初遇。以往，我不曾记得在哪里看见过。然而，不正是这样的邂逅反映着文学，反映着人生吗？这样说或许过于抽象、过于夸张了吧？似乎有一点，但也不见得。我至今走过了七十年的人生历程，才在这里初次发现阳台玻璃杯上的闪光并且有所感受。

饭店的人恐怕未曾想到玻璃的闪光会产生如此美的效果，只是单纯把杯子堆放在那里的吧。他们大概也不可能知道，我竟然会由此感觉出美来。我自己过分惦念着这种美，心中已成了习惯，老是思忖："今天早晨会怎么样呢？"再一看那堆玻璃杯，情况就不同了。说得详细一点，刚才我讲到了倒扣着的杯底圆弧的某一点上，散射着星星般的光亮，但其后经反复观察，因时间不同、角度不同，那星星般的光亮不止一处，而是好多处都有，也不光在杯底的边缘，就连杯体的表面也闪着星星般的光亮了。那么，底边上仅有的一点星星般的光亮，是我的错觉或幻影吗？不，既有闪射一点星光的时候，也有群星灿烂、较之一点星光更加美丽的时候。然而，对于我来说，那最初看到的一星光亮才算是最美的。在文学里，在人生里，抑或也有这样的情形吧。

我本来应当从《源氏物语》开始讲起的，然而却说出了有关餐厅玻璃杯的许多话来。不过，我嘴上说的是玻璃杯，头脑里不断想着的却是《源氏物语》。也许别人不怎么理解、不怎么相信，但确实是这样。我拉拉杂杂讲了一大堆关于玻璃杯的话，类似这样的事情，在我身上常常发生。它说明了我的文学与人生的愚拙。要是从《源氏物语》开始谈起就好了，可以用简短的语言描写玻璃杯的闪光，或者用俳句和短歌加以吟唱。然而，我在此时此地发现朝阳映射玻璃杯的美景，运用自己的语言表达感受，也能够使我心满意足。当然，在别的地方、别的时间，也会有类似玻璃杯一般的美景，但是与此完全一致的美景，恐怕在别的地方、别的时间再也不会发生了。至少我以前未曾见过。这也许可以称为"一期一会"吧。

海面某处直立的彩虹，月晕般卷裹着月亮的圆形彩虹，这些美丽的传闻，都是我在夏威夷从一位从事俳句创作的日本人那里听到的。据说他在夏威夷也想编一本夏威夷岁时记，这两种罕见的彩虹都是夏天的季题，可以写出"海上听风雨""夜半望飞虹"这样的句子，也许还有更贴切的词。在夏威夷据说也有"冬绿"这样的季题，听到这个词，我便想起了自己练习写作的俳句：

遍地皆绿，时时皆绿，去岁到今年。

作为描写夏威夷"冬绿"的俳句也许还说得过去，因为这本来就是今年元旦我在意大利索兰特半岛写的一首。那时我离开落叶飘零、一派冬枯景象的日本，飞过北极上空，在瑞典住了十天。这里，太阳只低低地贴着地平线爬行了一会儿便沉没了，白昼甚为短暂。此后，又经过同样寒冷的英国、法国，来到意大利南部的索兰特半岛。

仲冬时节，我眼里的森林、草木几乎一片青翠，游目骋怀，留下了鲜明的印象。街道树木上的橘子染上浓浓的朱红色。但是这年冬天，意大利的天气据说很不正常。

元日朝雨至，四处茫茫然，
维苏威火山，白雪不复见。

海上骤雨降，山巅白雪落，
半岛大道上，朗朗阳光多。

元旦乘车游，夕暮方得返，
远望拿波里，灯光时可见。

第二首是乘车翻越山头时写的短歌，一进山，便下起了纷纷扬扬的鹅毛大雪，索兰特半岛发生了异变。

我很惭愧，自己不会写俳句、短歌或诗，但是在这遥远的国度，乘着旅行时的愉快心情，姑且学习写着玩玩。将这些游戏文字记在笔记本上，日后翻阅，也可以回忆起当时的情景来。

吟咏冬绿俳句中的"去岁到今年"，是送走去岁，迎来新年，即忆旧思新的意思。这是新年的季题。我采用这句话，是因为头脑里想起了高滨虚子[1]的俳句：

去岁到今年，时光一贯如棍棒。

这位大俳句家住在我镰仓的宅邸附近。战后，我撰文赞扬虚子的短篇小说《虹》，老先生亲自来到舍下表示感谢，使我很过意不去。他自然穿的是礼服大褂，跋着高齿木屐。更引人注目的是，他脖子后面斜插着写有短歌的稿本。这稿本是专为送我的，上面写着他自己作的俳句。我这才知道，原来俳人都有这样的习惯。

镰仓车站，每逢岁末到新年，总是把城中文

1　高滨虚子（1874—1959），俳人、小说家。师事正冈子规。著有《虚子句集》等。

人自创的短歌、俳句悬挂在车站的庭院里。有一年岁暮，我在车站看到了虚子的"去岁到今年"这首俳句，不由一震。我对"时光一贯如棍棒"这句十分惊奇，甚为感佩。这是大家之言，我仿佛遭到了禅宗的当头棒喝。据虚子年谱所载，这首俳句写于1950年。

作为《杜鹃》杂志主办人的虚子，看起来写了无数自由自在、毫无造作的平淡俳句，就像寻常闲话一般。但其中也有视野博大无比、令人震惊、意境幽邃的佳句。

虽言白牡丹，微微透红意。
秋菊渗淡枯，何物停上边？
秋季多晴日，迷离散异香。
一年复一年，默默去不返。

"一年复一年"与"去岁到今年"两句有共通的地方。有一年新年，我在随笔中引用了阗更[1]的

1　指高桑阗更（1726—1798），江户中期俳人。编著有《花供养》等。

句子：

元日，但愿此心长存于世。

有一位朋友嘱我将这首俳句写在新年挂联上。细审此诗，或高或低，或俗或纯，总有些寻常说教的口吻。因有此种顾虑，只写了这一句便犯起踌躇，随即增写了他人的几首。

美哉兮美哉，岁暮夜空高。

——一茶

去岁到今年，时光一贯如棍棒。

——虚子

元日，但愿此心长存于世。

——阑更

新天舞千鹤，渺渺如梦幻。

　　　　　　　　　　——康成

　　我的这首俳句当然是跟朋友逗趣的，聊作笑谈。

　　小林一茶这首俳句是我在镰仓一位古字画商那里发现的，记得上面还写有"一茶自笔"的字样。我没有考证这首俳句是在何时何地写成的。

　　何处寻故里，大雪五尺深。

　　一茶的故乡位于信浓的柏原和多雪的越后县边境上的野尻湖畔，这首俳句或许是他的回乡之作。因为那里正是户隐、饭纲、妙高诸山的山麓。冬季夜空高寒爽洁，繁星如雨，荧荧生辉，况且又值岁末除夕的夜半。因此，他便在"美哉兮美哉"这种平常的词语里发现了美，并加以创造。

　　虚子的"时光一贯如棍棒"一句，是大胆无敌的语言，为凡人所不及。其中不正蕴蓄着深邃、

79

博大、坚实的内容吗？"一年复一年""默默"这些词语，写入俳句是很难处理的。然而，清少纳言的《枕草子》却有着这样一段话：

> 万物徒然逝不返……悬帆之舟，人之年华。春、夏、秋、冬。

虚子的"默默去不返"使我想起《枕草子》的"徒然逝不返"。清少纳言和高滨虚子都能活用"徒然"这个词。相隔九百五十余年的两位文人，在语感语意上也许多少有些不同，但我以为这差异毕竟很小。虚子当然是读过《枕草子》的，然而，虚子在吟哦这首俳句时，他脑子里是否有"万物徒然逝不返"这句话，或者据此"掉书袋"，我不得而知。即便是仿作，也无损于这句俳句的意义。这里应当说明，"徒然"这个词，虚子比清少纳言用得似乎更为恰切。《枕草子》若照我的话来说，它当然也具有《源氏物语》的韵味，两部作品并驾齐驱是历史的必然。《源氏物语》的作者紫式部和清少纳言，两人都是光耀古今的天才，命运使她们生活在同一时代。这个时代培育了这两个天才，并使之发扬光大。她们能够生活在这个美好的时代，也是命运所至。假如她俩早生五十年或迟生五十年，也许写不出来《源氏物语》和《枕草子》，两人的文才也不会那样高，所取得的成就也不会那样大。这是肯定的，又是可怕的。不管是《源氏物语》或《枕草子》，我首先痛切感到的就是这一点。

日本的物语文学至《源氏物语》而成高峰，因而达到极限；军记文学至《平家物语》（1201—1221 年间成书）而成高峰，因而达到极限；浮世草子¹至井原西鹤（1642—1693）而成高峰，因而达到极限；俳谐²到了松尾芭蕉（1644—1694）而为高峰，因而达到极限。还有，水墨画到了雪舟（1420—1506）而为高峰，因而达到极限。宗达、

1　浮世草子，江户时期的小说类型，反映城市中下层社会生活的庶民文学。

2　俳谐，具有滑稽意味的诗体文学的通称。

光琳派绘画至俵屋宗达（约为六世纪后叶至十七世纪初叶）和尾形光琳（十七世纪后叶）……不，也许在宗达时期已成高峰，因而也达到极限。他们的追随者、仿效者尽管不属亚流，但这些继承者和后辈出生不出生、存不存在都是无可无不可的事，不是吗？也许我这种看法过于严格、过于苛酷了，不过我作为一名文学家，却被这样的想法折磨着，自己生在当今这个时代，寄诸时世之命运，不妨考虑一下自己的命运。

我主要是写小说的，在今天，小说果真是最适合这个时代的艺术和文学吗？倘若如此，不免有这样的疑问：小说的时代不正在离去吗？或者说文学的时代不正在离去吗？纵观今日西洋小说，也会产生这样的疑问。而且，日本移入西洋文学约有百年，这时期的文学就其日本风格来讲，尚未达到王朝时期的紫式部或元禄时期的芭蕉那样高的水平，就开始衰退削弱下去了。或者说，日本文学将来还会有上升期，今后还会产生新的紫式部和新的芭蕉。倘若如此，倒是值得庆幸的。

我总认为，明治以后，随着国家的开化和勃兴，虽然出现了一些大文学家，但许多人在西洋文学的学习和移植上花费了青春和力量，为启蒙事业消耗了半生，而在以东方和日本为基础进行自我创造方面却未能达到成熟的境地。他们是时代的牺牲者。他们似乎和芭蕉不同 ——"不知不易则难于立根基，不知流行则不可树新风"。

芭蕉遭际时代的恩惠，是那个时代发扬和培育了他的才能。他为众多的贤良弟子所敬慕，被世人所承认和尊崇。尽管如此，他在《奥州小道》这部游记中的某处写下"死于道路，此乃天命"这样的话。

　　　　道上无行人，秋日已黄昏，
　　　　当此秋深时，邻人作何事？

芭蕉在最后的旅行中写下了这样的俳句：

　　　　旅途抱病日，枯野梦中游。

他就是这样在行旅之中写下这首辞世歌的。

我住在夏威夷饭店的时候，主要阅读了《源氏物语》，顺便阅读了《枕草子》。这是我第一次真正弄明白《源氏物语》和《枕草子》、紫式部和清少纳言的差异。连我自己都很惊奇，我怀疑这是因为自己上了年岁的缘故。但是在深邃、丰富、广阔、博大、严谨等方面，清少纳言远远不及紫式部，我的这种新感受至今不曾动摇。关于这些，过去也十分明了，从前也有人说过，但是于我是新发现，或者说变得更加确定无疑了。那么，紫式部和清少纳言的差异，用一句话如何说呢？紫式部有一颗流贯到芭蕉的日本的心，清少纳言具有的是别一种日本的心。一言带过，旁人也许会对我这话产生疑问和误解，或提出反驳，那也只好悉听尊便了。

根据我的经验，对待自己的作品也罢，对待今人古人的作品也罢，鉴赏、评价常随时世而转变。有大转变，也有小转变。始终一贯坚持相同论点的文艺批评家，要么是伟人，要么是傻瓜。

也许过了些时候，我又会把清少纳言同紫式部相提并论，这种可能不是绝对没有。我在少年时代不明事理，只是顺手拿起《源氏物语》和《枕草子》读着。当我放下《源氏物语》转向《枕草子》的时候，顿时觉得赏心悦目起来。《枕草子》优美、鲜明、光彩焕发、明快有力而富有情致。作家的美感和感觉通过新鲜而锐敏的叙述流贯全篇，联想的翅膀载我飞向九天之外。也许因为这个，有的评论家认为我的文风与其说是从《源氏物语》毋宁说是从《枕草子》受到了影响。在语言表现上，后世的连歌、俳谐和《枕草子》之间也许有比《源氏物语》更多共通的地方。不过，后世文学所仰慕学习的当然不是《枕草子》，而是《源氏物语》。

诸多物语中的这一部物语，殊为优秀难得，真乃古今无匹。先前的旧式物语，论物行文不见作者深心。大凡动人之情节，总是写得既不细又不深，后来的物语……着意效法此物语之样式而甚劣于此物语。唯有此物语殊有深意，通篇皆用心写成，且不说文辞精粹可喜，就连那春夏秋冬四时天候之景象、草木之状态，也都显得文采斐然。男男女女，人们的心理情绪都写得迥然不同，各得其所。……如睹现世之人，皆可推而想之。纵有朦胧之笔，而无不及义也。

本居宣长[1]在《源氏物语中的玉小梳》一文里这样写道。他是《源氏物语》之美最伟大的发现者。

　　　　抒写人情之妙笔，古今后世日本内外无有比拟者也。

宣长所说的"古今后世"，不仅指过去，还预言到未来。"后世"的说法看似是宣长过分激动所至，但不幸的是，正为宣长言中了。从那时直

1　本居宣长（1730—1801），江户中期学者。致力于《古事记》《源氏物语》等古典文学的考注，奠定日本国学思想的基础。

到今天，日本未曾出现过一部比得上《源氏物语》的小说。我说"不幸"并非为了玩弄辞藻，也不只我一个人有这样的看法。紫式部作为民族的一分子，在九百五十年或一千年之前写了《源氏物语》，我期望可以同紫式部相媲美的文学家早些出现。

印度诗圣泰戈尔在访问日本的讲演中指出："一切民族都具有在世界上表现本民族自身的义务。假如没有任何表现，那可以说是民族的罪恶，比死还要坏，人类历史是不会原谅的。一个民族必须展示存在于自身之中最高尚的东西。一个民族应该是宽容大度的，它丰富而高洁的灵魂要承担这样的责任：跨越眼前的利害，向另一个世界输送本国文化精神的宴飨。"他还说："日本产生了形式完美的文化，它具有从美中发现真理、从真理中发现美的敏锐洞察力。"远古的《源氏物语》至今依然比我们更为有效地履行着泰戈尔所说的"民族的义务"，或许将来也会继续履行着这样的义务。这是可喜的，但又是可悲的。

泰戈尔说，日本"具有从美中发现真理、从真理中发现美的敏锐洞察力。我认为，使日本重新觉悟到这一点，正是像我这样的外国来访者的责任。日本树立着一种纯正、明确和完善的东西，一个外国人比你们本身更容易理解到这种东西究竟是什么。这对全人类来说，无疑是很宝贵的。在众多的民族里，唯有日本产生了这样的东西。这并非决定于日本民族具有的单纯的适应性，而是从它内部的灵魂深处产生出来的"。（高良富子译）

泰戈尔的这段话是在首次访问日本时的讲演中说的。那是大正五年（1916）在庆应义塾大学，讲演的题目是《日本之精神》。那年，我还是旧制学校的一名中学生。至今我仍然记得在报纸上看到的他那幅特大照片上的模样。这位诗人有着蓬松的长发，长胡须，穿着宽大的印度服，身材高大，目光明亮而深邃，是一位圣哲的风貌。白发轻柔地纷披在前额上，鬓角的毛发像下巴的胡须一样长，一直长遍两腮，同下巴的胡须连成一片。

那张脸庞就像东方古代的仙人，给少年时代的我留下了鲜明的印象。泰戈尔的诗文有一部分是用浅易的英文写成的，中学生也看得懂。因此，我也多少读了一些。

泰戈尔一行由神户港登陆，乘火车前往东京。据说他后来告诉朋友："当抵达静冈车站时，一个僧侣团体焚香合十迎接我。这时我才想起是到了日本，高兴地流下眼泪。"这里指的是静冈市佛教团体"四誓会"二十名教徒的出迎队伍。（据高良富子的译注）泰戈尔其后又来过两次，他一共是三访日本。关东大地震的翌年，他来到日本，讲道："灵魂永恒的自由来自于爱，伟大藏于渺小之中，从形态的羁绊中可以找到无限。"这正是泰戈尔思想的根本。

提起静冈，我现在在夏威夷旅馆正品味着静冈县的"新茶"，即八十八夜采摘的新茶。在日本，立春后第八十八天，今年正值五月二日。传说在"八十八夜"采摘的新茶是延年益寿、消灾祛病的妙药，自古被看作贵重的吉祥茶。

春来八十八，

漫山遍野绿叶发，

君不见正采茶。

草笠儿，头上罩；

红袢儿，腰间扎。

　　这样的采茶谣随处都能听到。这是十分亲切的歌，使人有季节变化之感。茶园的村寨里，到了"八十八夜"这时候，村里的姑娘们一大早同时出动，采摘新茶，她们袢着红底蓝条儿的腰带子，戴着草笠。

　　静冈县家乡的一位朋友嘱托静冈的茶店，通过航空给我寄来了新茶。五月二日新采的，五月九日就邮到了檀香山的旅馆。我小心地沏了一些，立即品尝起这日本五月初的香茶来。这不是茶道所用的"抹茶"或"茶末"，而是煎茶的茶叶。从茶汤而论，有"薄茶""浓茶"之分，这在今天仍按各人爱好和时尚不同而加以选择。从礼节上讲，宾客应向主人询问茶的名称。制茶店给茶叶分别标上各种雅号。这同咖啡、红茶大致一样，点出的茶的香气和味道反映着点茶人的品格和心地。江户、明治时代为文人所津津乐道的煎茶道，今日虽然日渐式微，但姑且不论煎茶的做法，在品味和冲泡煎茶等方面依旧讲求风骨、雅驯和情感。

我是以喜悦的心情泡制新茶的，所以沉浸在一种圆润而甜软的香味里。檀香山的水也好。我在夏威夷品尝着新茶，心中想起了静冈乡间的茶园。那些茶园布满山冈，连绵无际。我曾经乘东海道火车经过那一带，心中浮现的是从车窗里望到的茶园。那也是早晨和黄昏的茶园，朝暾或夕阳倾斜的光线照射着茶园里一排排茶树，浓荫沉沉地印在地上。茶树低矮而齐整，叶片繁密肥厚。除了嫩芽之外，叶的颜色裹着一层深绿，碧森森的。行与行之间印着一道黑沉沉的阴影。早晨，那绿色似乎刚刚静静睁开眼来；傍晚，那绿色仿佛将要静静睡去。一天黄昏，我向车窗外面一瞧，山冈上的茶园像碧青的羊群昏昏欲睡了。那时新干线尚未建成，乘东海道火车从东京到京都要疾驶三个小时。

东海道新干线也许是世界上最快的火车。乘坐这种快速火车，车窗外的景致完全失掉了情趣。要是乘坐原来的东海道线，凭借原来的速度向车窗外眺望，像静冈县茶园那种诱人眼目的景物还是有一些的。其中，印象最鲜明、最使我感动的是，当从东京始发的列车进入滋贺县时的近江路的风光。

我与近江人，共惜春归去。

就是芭蕉这首俳句里的近江。每当我踏上春天的近江路，必然想起这首俳句。我惊叹于芭蕉对美的发现，仿佛我自身的情感也包含在这首俳句里。

尽管这样说，我对这首俳句却有着我自身的感受。人们常常会把喜爱的诗歌甚至小说变为自己的东西，置于自己的情感之中，随心所欲加以鉴赏。这倒是最普通的鉴赏方法，全然不顾作者的意图、作品的本质、学者和评论家的研究评论，游离开去，一无所知。对于古典文学也是如此。作者一搁笔，作品便带着自身的生命走到读者中间去了。它们如何被利用、如何被砍杀，一任它们所遇到的读者，而作者是无法追寻的。"一旦离开机案即成故纸。"这是芭蕉的话。然而芭蕉说这句话时的意思，和我引用这句话的意思已经大不相同了。

"近江春归"这首俳句，我竟然忘记是收在《猿蓑》里的了。在这首俳句里，我只感觉到"春之近江"或"近江之春"成为这种心情的依据。我心目中的"春之近江"或"近江之春"里分布着明亮金黄的油菜地，绵延着绮丽的、淡红淡紫的紫云英田，还有春霞叆叇的琵琶湖。近江有着许多油菜地和紫云英田，但更使我感叹的是，列车进入近江时，车外的风光和我的故乡一模一样。柔和的山峦、繁密的树木，风光纤细而优雅。来到京都的门户，京都已出现在眼前，这里是近畿地方，已经进入畿内了。这里是平安王朝和藤原时代的文学、艺术以及《古今和歌集》《源氏物语》《枕草子》的故乡。我的故乡是《伊势物语》里描写的芥川流域，是风物贫乏的农村，因此，我把坐车花半小时到一小时就可到达的京都当作我的故乡。

我在檀香山卡哈拉·希尔顿饭店，第一次认真研读了山本健吉在《芭蕉》一书中对"我与近江人，共惜春归去"这首俳句的评释。据说，这首俳句不是写于芭蕉沿东海道上行期间，而是从伊贺来到近江大津的时候。《猿蓑》里标着"惜春望湖水"的题词，也载有"志贺唐崎泛扁舟，人人相谈春之暮"题词的真迹。再者，"近江人"的"人"似乎也有着某种人事上的关系。可是当我从山本健吉的评释里抽出这段颇合我意的话之后，发现他还写道：

关于这首俳句，《去来抄》中记有以下传说。"先师曰：'尚白难之日，近江应为丹波，

94

晚春亦当岁暮。汝以为如何？'去来曰：'尚白所难非当。湖水朦胧而生惜春之情。今日奉侍尤佳。'先师曰：'然也，此国古人之爱春不亚于京都。'去来曰：'此一语贯我心中。若岁暮于近江，安能有此感乎？若晚春在丹波，亦难有此种情感。风光感人，诚哉斯言。'先师曰：'汝去来堪同我共论风雅。殊更悦之。'"《枭日记》中元禄十一年（1698）七月十二日的"牡丹亭夜话"条中有同样记载，最后记下了去来的话："风流自在其中。"作者各务支考也说："当知其中之事。"

风流在于发现存在之美，在于感受发现之美，在于创造感受之美。"风流自在其中"的"其中"，可以说是至关重要的场景，是上天的惠予。若能知"其中"，则可以说是美神的馈赠。"我与近江人，共惜春归去"只不过是一首平明的俳句，但因为场景是"近江"，时令是"晚春"，这里就有着芭蕉对美的发现与感受。若换作其他场景，比如"丹波"，其他时节，比如"岁暮"，就不会像这首俳句一样富于生命力。如改成"我与近江人，共惜岁已暮"，便没有"我与近江人，共惜春归去"的意趣。长年以来，我抛开芭蕉写作此句的本意，仅凭自己的感受解释这首俳句，但我总觉得"春逝"和"近江"在芭蕉心中是相通的。诸位可以认为我这是强辩或者诡辩。

说到"场景"，就像前面提到的静冈茶园一样，我心中立即想到《源氏物语》的"宇治十帖"。宇治和静冈是日本茶的两大著名产地。提起静冈的茶园就想起宇治，这是自然而又无任何疑义的联想。然而，我在檀香山饭店阅读《源氏物语》，"宇治"一词就不单单是个地名了。这是"宇治十帖"的"宇治"，也就是《源氏物语》五十四帖最后的十帖。《源氏物语》第三部的"场景"只能是宇治。这种联想也是我的望乡之思，多少有些微妙。而且，紫式部将宇治作为这一场景加以描写，使后世的读书人一想起这种场景就只能是宇治，这是作家紫式部的笔力所致。

投身泪河流水湍，

谁设栅栏将我拦。

决心赴死殉故人，

抛别此世不足惜。

　　这是"习字"一章里浮舟所作之歌。"那时，横川住着一位道行高深的僧都。"这位横川的高僧率领弟子僧众到初濑这地方还愿，归途中路过宇治，从宇治川里救起了浮舟。被救之后，她稍稍恢复了神志，习字时写了这首歌。

　　晚上，到初濑还愿的一个僧人和另一个僧人对下藤法师说，他们手擎灯盏走到没有一个人影的后院，但见一片树林，"四周一片阴惨惨的"。这时忽然发现一团白色的东西。

　　"那是什么？"

　　于是他们站定，将灯火燃亮，一看，好像是什么东西打坐于地上。

　　"莫非是狐狸精，真可恶！叫她现出原形

来！"

……再走近一些，只见那物长着光艳美丽的长发，依偎在大树根下嘤嘤啜泣。

真是稀奇又古怪，莫非就是狐狸精？于是，他们喊来横川的高僧，也把寺院值宿的人叫来了。

"你是鬼是神？是狐狸精还是树妖？天下第一得道高僧就在这里，你能藏得住吗？快快报上姓名来！"

说罢，伸手扯了扯衣服。那人掩住脸面痛哭起来。

是"树妖"还是"古代传说中那个无目无鼻的鬼"？

僧人想把她的衣服剥下，她便俯地痛哭。

"雨下个不停，倘若就这么放着，她必死无疑。"众僧把她抬到墙根下。

这时，僧都说道：

"确实是个人的样子，眼看着她要绝命而放着不管，也不近情理。池中的游鱼、山上的鸣鹿，眼看被人捕捉而见死不救，该是多么悲惨的事。人命虽然不很长久，然而残生只有一两天也应该加以珍惜。不管是被鬼神所祟，还是遭人胁迫诱骗，总是濒临死于非命的境地，应该受到菩萨的救助。且给她喂些汤水，救她一命，最后即便死了也就罢了。"

就这样，僧人让得救的浮舟躺卧在"无人喧嚷的静谧之处"。僧都的妹妹看到"一个年轻貌美的女子，身穿一件白绫袄子，外边系着红裙，芳香四溢，气韵高雅。于是联想到这位浮舟定是自己死去的女儿转世，倍加爱护体贴"。她说"看到一位梦中的美人儿"，"亲手给浮舟梳头"，她以为这就是"从天而降的仙女"，比"伐竹老翁发现的那位竹子姑娘还要神奇"。

要是这样叙述"习字"这一帖，恐怕得到天亮。要讲解"宇治十帖"也得花上两三年时间，我在这里只好割爱。由紫式部的美文笔调而联想到"竹子姑娘"，因为她引起了我的注意。《源氏物语》的"赛画"一帖说："物语的鼻祖是伐竹老翁。"后边一提到《竹取物语》就引用这句话。紫式部在"赛画"中还写道："这表现竹子姑娘故事的画时时被当作赏玩之物""竹子姑娘不为浊世所染，怀抱清高之志""竹子姑娘升天而去，是凡人所无法企及的事，谁也不知其中奥妙"。而且"习字"一帖中也有说，"比伐竹老翁发现的那位竹子姑娘还要神奇"。

很久很久以前，有个伐竹老翁，上山伐竹，做成各种竹器。他名叫赞岐造麻吕。他发现竹林中有一根放光的竹子，十分好奇，走近一看，那竹节中亮光闪闪。定睛一瞧，原来是个三寸高的小美人儿。老翁说道："你藏身于我朝夕相守的竹林里，就请做我的女儿吧。"于是，他把小人儿捧在手心里带回家中，交给老妻抚养。这小人儿生得美丽动人，因为实在幼小，便被放入竹篮里小心伺候。

我在初中时代第一次读到《竹取物语》的开头一段文字，感到实在优美。我看见过京都嵯峨野的竹林，看见过较京都更近些的我家乡附近的山崎和向日町一带的产幼笋的竹林。我想象着竹林"闪光的竹节里一定住着竹子姑娘"。我这个初中生当时根本不知道《竹取物语》是根据古代的传说编成的，我十分信服《竹取物语》的作者对美的发现、感受与创造。自己也试图这样做。这部日本远祖小说的构想，美妙得无以言说，令我心驰神往。

　　少年的我，感到《竹取物语》是一部对圣洁处女顶礼膜拜、赞美永恒女性的书。它令我如醉如痴，也许是这份童心未泯吧，我至今喜欢在文章里引用《源氏物语》中紫式部写的"竹子姑娘不为浊世所染，怀抱清高之志"以及"竹子姑娘升天而去，是凡人无法企及的事"，而不仅仅当作一种修辞。

　　我在檀香山重读了当下日本文学研究者的一些评论，他们认为《竹取物语》恰恰表现了成书时代的人们对于无限、永恒、纯洁的思慕和憧憬。将"三寸"的小美人儿竹子姑娘"装入竹篮里抚养",装进用竹编成的篮子里养育,在少年的我看来,实在美极了。我想起《万叶集》开卷第一首雄略天皇的《御制歌》:

> 篮儿呀,你挎着篮儿。
> 铲儿呀,你拿着铲儿。
> 山丘上剜菜的女孩儿呀,
> 快告诉我你家在哪里?
> 叫什么名字?
> 这美丽的大和之国,
> 都是我的领土。
> 皆听命于我的统治。
> 我的姓名和家世,
> 都已经告诉于你。

　　我想起山丘上剜菜的少女手中的小篮子。我又由飞升月宫的圣洁处女竹子姑娘想到了真间的

手儿奈姑娘。众多的男儿追逐她，她谁也不应允，
终于投井而死。缅怀葛饰真间的手儿奈，自然使
我联想起《万叶集》中的和歌来：

……
葛饰真间手儿奈，传闻墓冢在这厢，
古树叶茂松根远，莺声芳名永不忘。

及反歌二首：

来者听我言，葛饰有真间，
少女手儿奈，香消在其间。

葛饰真间湾，玉藻水中摆，
我欲割玉藻，忽忆手儿奈。

又见：

鸡鸣吾妻国，自古传百代。

葛饰真间女，芳名手儿奈。

麻衣着青衿，麻裙放光彩。

香发不用梳，素足香罗带。

锦绫裹窈窕，娇娜我心爱。

容颜赛满月，巧笑似花开。

翩翩少年郎，愿结百年好。

如蛾近灯，如舟泊港。

人生叹几何，一朝付缥缈。

妹卧青冢里，日夜闻波涛。

此桩远古事，至今传未消。

及反歌一首：

葛饰真间井，见之发幽思，

美女手儿奈，前来汲水时。

真间的手儿奈似乎是万叶人心目中的理想女
性。还有一位菟原处女，她被两个男人激烈争夺，
长叹道："他俩赴汤蹈火，势不两立。妹子告诉母

亲呵！我一卑贱女子，看见这两个男人争斗不息，怕今生今世难以相逢，不如相约于黄泉吧。"说罢就自尽了。菟原处女的传说，也被高桥虫麻吕写进了长歌：

悲叹妹已去，壮士梦血沼，
相随齐观看，情断魂已消。
菟原两壮士，仰天长号啕，
伏地咬牙齿，自悔拔佩刀。

众人跑出来，只见两个壮士也死了。

乡亲们一起商量，为少女建造一座陵墓，以便永世不忘，代代传扬；并将两个壮士陪葬于左右两旁。这故事虽然久远，但听起来仿佛就在眼前，令人泪下。

我在少年时代，从日本古典文学中首先阅读了散文部分的《源氏物语》和《枕草子》等书，后来才读了成书较早的《古事记》以及成书较晚的《平家物语》，还有井原西鹤、近松门左卫门等。和歌方面读了平安时代的《古今和歌集》，首先读的是奈良时代的《万叶集》，与其说是有选择地阅读，不如说是受当时时代潮流的影响。在语言上，《古今和歌集》确实比《万叶集》更好懂，但对于年轻人来说，《万叶集》反而比《古今和歌集》和《新古今和歌集》更易理解，也更动人。

现在想想，这是非常粗浅的看法。散文方面，我读了女性的"妩媚娇柔"，也读了男性的"勇武刚毅"，这是颇有意思的。就是说，我接触了最高水平的东西，这是件好事。从《万叶集》到《古今和歌集》，在这一变化过程中，出现过种种情况。这虽说是粗浅的看法，但从《万叶集》到《古今和歌集》，使我联想到由"绳文"到"弥生"的转变。那是土器、土偶的时代。绳文时代的土器、土偶表现了勇武刚毅，弥生时代的土器、土偶表现了妩媚娇柔。当然，也可以说，"绳文"一直贯穿着五千年之久的历史。

我在这里突然提到绳文，是因为我觉得战后

最新发现和感受到的日本美是绳文的美。土器土偶几乎都是从地下发掘的东西，这是存在于地下之美的发现。当然，绳文的美在战前已为人们所熟知，然而到了战后的今天，这种美才得到肯定和推广。人们重新认识了古代日本民族神奇怪诞和富于坚强生命力的美。

从《源氏物语》的"习字"一帖就滑入了联想的斜道，没有返回到《源氏物语》上来。横川的僧都在救助浮舟时说过这样的话：

> 池中的游鱼、山上的鸣鹿，眼看被人捕捉而见死不救，该是多么悲惨的事。人命虽然不很长久，然而残生只有一两天也应该加以珍惜。不管是被鬼神所祟，还是遭人胁迫诱骗，总是濒临死于非命的境地，应该受到菩萨的救助。……救她一命，最后即便死了也就罢了。

梅原猛对这段话加以解释："浮舟确是为鬼神

所祟，是遭人遗弃和欺骗的走投无路之人，是除了一死别无其他生路的人。对于这样的人，佛祖才救助她。这正是大乘佛教的核心。人为鬼神所祟，烦恼无尽，失去了求生之路，只有绝路一条。只有这种走投无路的人，才是佛祖要救助的人。这是大乘佛教的核心，同时也是紫式部的信条。"

而且，梅原猛还说，假如横川僧都的原型就是那位横川的惠心僧都，也即《往生要集》的作者源信，那么，紫式部便是"在宇治十帖里向当时最大的知识分子源信发出挑战"。"她敏感地抓住源信的说教与生活之间的矛盾，对此射出了批判的箭矢。"被佛拯救的人，"不是像源信那样的高僧，而是浮舟那样的女罪人、一个愚蠢的女人。我仿佛听到紫式部这样呼喊。"

紫式部怜惜浮舟，使她悄悄走向清净之界。她虽然写完了《源氏物语》，却留下了袅袅余韵。我在这里所谈的有关《源氏物语》的美还未摸到门径，但我不会忘记美国的日本文学研究家例如爱德华·赛登施蒂克、唐纳德·金、艾凡·摩利斯等人。我从他们优秀的《源氏物语》评论中受到很大启发。还有将《源氏物语》推向世界文学之林的翻译家阿萨·威利。十年前在一次英国笔会举办的晚餐会上，我同他相邻而坐。我们彼此使用蹩脚的日语和英语交谈，有时用英文和日文笔谈，留下了难忘的印象。我说希望他到日本来，阿萨·威利回答说，那样就会幻灭的，不能去。

"我认为外国人比日本人更容易理解《源氏物语》的意味。"读到唐纳德·金的这句话，使我大吃一惊。（见昭和四十一年 [1966] 八月十六日《信浓每日新闻》登载的《山麓清谈》）他说："我涉足日本文学是在读了《源氏物语》英译本并深受感动之后。我认为外国人比日本人更容易理解《源氏物语》的意味。原文很难读，不容易懂。现代语译本，包括谷崎润一郎先生所译的在内，已出版了许多种。但是为了尽量传达原文的韵味，不得不使用许多现代日语中所没有的词。而读英译本就没有这种顾虑。因此，通过英语阅读《源氏物语》，实在感到有一股迫力。我认为，《源氏物语》从心理上比十九世纪的欧洲文学更接近二十世纪的美国人。因为人物描写十分鲜明生动……要说《源氏物语》和《金色夜叉》哪一个更古雅，《金色夜叉》要古雅得多。《源氏物语》的人物栩栩如生，在这一点上常读常新，价值不渝。此书和二十世纪的美国相比，在时代和生活上虽然不同，但绝不是一部难以理解的作品。因此，纽约的女子大学甚至把《源氏物语》列入二十世纪文学讲座的书目之中。"

"外国人更容易理解。"唐纳德·金的话和泰戈尔所说的"外国人比你们自身更容易理解"的话不谋而合。我感受到了美的存在和发现的幸福。

在夏威夷大学希罗分校的讲演

昭和四十四年（1969）五月十六日

一

日本文学的美

任凭黑发乱，伤心伏地哭，

为我理鬓者，如今知何处？

　　　　　　　——和泉式部

　　"伏地"，言其悲伤之状。"伏地哭"，即团缩哭泣，不可仰视。遥想当年为我梳理鬓发的那位人儿，到哪儿去了？一千年前的一首和歌，如今读起来，仍能立即感到女子热烈的情怀，传达出女子官能的温润。这是一首官能性的歌。

朝寝发蓬乱，我自懒梳妆，

丝丝触素腕，缠绵情意长。

《万叶集》中的这首歌同和泉式部的歌相比，虽然写的都是女人的头发触及男人的腕子或肌肤，但这首歌感觉到的是朴素的万叶之女的楚楚可怜与纯真，而不像和泉式部那样散发着官能的馨香。当今的人如是说。

　　另外，藤原定家有歌：

　　　　我为卿梳妆，根根青丝长，
　　　　鬓云伏地飘，面影立身旁。

　　正如和泉式部研究家青木生子指出的那样，定家写这首歌时，头脑里定是想起了和泉式部那首黑发的歌吧？与和泉式部的女性之歌相对应，定家从男性角度发出歌唱。而且，青木从定家的歌中读出了一个"甚至连黑发的寒凉感触都能生动体现的妖艳的感觉世界"。我的理解还没有达到这样的境界。我对这类优秀的和歌还不甚明白。我难以进入定家的秀作之中。当然，哪怕只有一人觉得这首歌很优秀，我都不能随便忽略、轻视。艺术作品经常有这种情况，只要一人发现其中之美并且有所感悟，不久就会通达万人。

然而，青木生子认为定家的歌依旧没有失去和泉式部歌中那种"恋爱的活生生呼吸般的感动"。我也这么认为。和泉式部同《源氏物语》的紫式部以及《枕草子》的清少纳言并称"王朝三才女"。因为有这首歌，便以《拾遗和歌集》（1005）为起始，以《后拾遗和歌集》（1075）为主，再加上《金叶和歌集》（1127）、《词花和歌集》（1144）、《千载和歌集》（1187）、《新古今和歌集》（1205）等敕撰和歌集，共收录和泉式部和歌共二百四十七首，数量为女性歌人之最。因此，和泉式部自古当数王朝第一女歌人，其地位不可动摇。

历来称作"王朝时代"的是自1005年左右《拾遗和歌集》成书至1205年《新古今和歌集》之奏览间的两百年岁月，也就是两个世纪。十一世纪和现在的二十世纪，时光流转的速度完全不同，我们现代文学的作品，自今两百年之后又将如何呢？现代能写出多少部到那时依然能传达出"活生生呼吸般的感动"的作品呢？我认为艺术作品未必永远不朽才算好，例如，像时事政治一般鲜活的作品，只对当时起作用，也自有其存在的意义。再说，永远不朽的艺术也可看作是临时的形态，何况在这世上没有不灭的东西。

我心中有着这样的想法：永远不朽即"空""虚"以及"否定之肯定"。这些姑且不论，艺术应该保有永远不朽的灵魂。我自少年时代起，多少研读了一些日本的古典文学，虽然只是浏览，那些东西只是朦胧地留存在头脑、薄薄地濡染于心头，但当阅读今天的文学时，我总感到千年或千二百年来，日本的古典与传统回荡于我们心间。距我们大约千年前的《古今和歌集》《源氏物语》《枕草子》等书，以及大约千二百年前的《古事记》《万叶集》等书，这些不逊于今日或者比今日更为优秀的文学——诗歌和散文，为我们所保有。这时的我们无论在现代文学的创作还是鉴赏上，无疑都能汲取表象上的促进力和内里的推动力。熟知日本的古典和传统，然后在此基础上，可以加以否定和排除，也可以不很了解或近于漠不关心。

自《拾遗和歌集》至《新古今和歌集》的二百年间，政治有了重大的移转，由平安时代的公家政治转变成镰仓时代的武家政治。《拾遗和歌集》成书的年份似乎不很明确，大体上是一条天皇在位、藤原道长执政的"荣华"时代，也是《枕草子》《源氏物语》《紫式部日记》《和泉式部日记》百花盛开的时代。而且，和泉式部与紫式部、赤染卫门和伊势大辅等人一起侍奉一条天皇的东宫、道长的女儿彰子，可以说她们是共同生活的伙伴。不论是《紫式部日记》还是赤染卫门的《荣花物语》都写到了和泉式部。

她和伊藤大辅的赠答歌这样写道：

相思思人人更思，思来思去思无已。

——和泉式部

我不思君君思我，君不思我我思君。

——伊藤大辅

这样的赠答歌无异于亲密的语言游戏。她和侍奉同一位皇后定子的清少纳言也有赠答歌。

平安王朝的和文文学，在道长之前，就有了《竹取物语》《伊势物语》《宇津保物语》《落洼物语》以及纪贯之的《土佐日记》与藤原道纲之母的《蜻蛉日记》。歌人有在原业平以及小野小町等。歌集有《古今和歌集》等。这些皆早于道长时代而引导道长时代。尽管如此，道长时代却达到了令人惊奇的烂熟的顶峰。而且，这在日本文学史上是前后皆不曾有过的属于女流文人的繁荣时期。以后的镰仓、室町、江户时代，女流文学的潮流也未断绝。但我以为，如果举出继道长时代之后女性文学的盛时，那便是我们所处的现代。

道长时代女流文学的卓越是有原因的。今日女流文学的繁多也有其原因。明治时代写作小说的樋口一叶、创作和歌的与谢野晶子等人，就像平安时代的先驱者和开拓者小野小町。一叶只活了二十四岁,芳年早逝。晶子养了十多个孩子,相当长寿。起初,晶子在文学方面将《源氏物语》《荣花物语》《紫式部日记》《和泉式部日记》翻译成现代日语,完成了许多烦劳的事业。紧接着,她又进行《源氏物语》以及平安朝文学的研究和论述,亦不乏卓见。她还写了和泉式部的传记,对和泉式部抱有亲近之感。

在古典文学方面,晶子尤其尊重平安王朝的文学,而对于奈良朝的《万叶集》、江户元禄文学似乎不太推崇。这也是有道理的。《源氏物语》集大成的王朝之美,后来形成美的潮流。我年轻的时候曾经说过,《源氏物语》灭了藤原氏,灭了平家,灭了北条氏,灭了足利氏,灭了德川氏。这话似乎相当粗暴,但并非完全没有根据。如果说《源氏物语》因过于烂熟的宫廷生活而必然招致衰亡,那么"烂熟"一词本身就已经包含"具有衰亡的征兆"这层意思。因烂熟之极而走向衰退,可以说,一种文化发展到极点就要走下坡路。不,看起来仍是继续向上，实际上却已经衰落，《源氏物语》就产生于这种危险的时代。纵观古今东西，几乎所有艺术的巅峰之作，都出现于此种危险的时代。这是艺术的宿命，也是文化的宿命。

"沙罗双树的花色，显示了盛者必衰之理。豪奢的人不会长久，一如春宵之梦。威猛之人终必败亡，一如风前尘土扬。"这是《平家物语》开头一段。这不仅是佛教的无常观，也是日式的虚无观。一种文化，一种文化中的艺术，其极盛之时也不会持续一二百年。盛极必衰。紫式部、清少纳言、和泉式部的道长时代也很短暂，井原西鹤的元禄时代也很短暂。文化烂熟，必然衰败，一旦向颓废而衰落，艺术将一味随之衰落而失去生命力。

日本，时至今日已是明治百年、战败二十五周年。人们谓当今时代是"昭和元禄"，这自然是基于国际的发展与繁荣，随之而来，文化也将变得丰富、热烈和繁荣起来。但是，今天果真是艺术文化的兴隆时期吗？如今我自己厕身其间，很难看得明白，或者说不可能看得明白，只能指望将来历史的判断。我曾听过一位目前还健在的大画家说过这样的话：希望自己的葬礼在死后十年再举办。自己死后十年，绘画的价值和评价大体也会稳定下来，十年之后举办葬礼，参加者大都是认同和热爱自己的人。他的话一直留存在我的心里。死后仅仅十年，其作品真正还活着的艺术家，实际上也不会太多。这看似是艺术家个人的事，实际上似乎并非如此。就是说，艺术家生活的国家与时代，便是艺术家不可逃脱的命运。

十一世纪初假若不是日本的道长时代，就不可能产生紫式部。十七世纪过半，假若不是日本的元禄时代，也不可能产生芭蕉。我总是想，紫式部之前或之后，不见得没有同紫式部在文学素质与才能方面不相上下的日本人，但因为他们未能生活在紫式部的时代，所以写不出和《源氏物语》相媲美的小说。还有，紫式部时代的宫廷男子并不比宫廷女子更差，只是因为男人们不大情愿运用和文体或日语的散文体写作。

纪贯之的《土佐日记》开头有一句奇怪的话："女人们也想像男人那样写日记。"因为当时的男人们都习惯于用汉语写日记。纪贯之托女人口吻用假名撰写和文体日记的原因众说纷纭。有人说是因为他乃当时的大歌人，为了同唐风的汉诗、汉文相抗衡，以此振兴国风的和歌、和文；也有人说，他是借此抒发失去女儿的悲叹与缅怀之情。但《土佐日记》作为文学作品之所以优秀，自然是因为运用和文体和日本文体写成的缘故。

　　《古今和歌集》里有真名序和假名序，就是说，有汉文体与和文体两种序文。假名序是纪贯之写的，因为是和歌集，故而刊出和汉两种序文。然而，和文体序虽然基于汉文体序，但凡是带有国风写作方法的地方，较汉文序要更优秀，这就传达了国风潮流高涨的趋势，给后世带来巨大影响。由此使人认识到，此种敕撰和歌集正是不久将要到来的和文繁荣时代的先驱之作。平安王朝的男人们并不逊色于宫廷文学的女人们，甚至可以说他们很卓越，他们的创作可以超越女人。这在今天一目了然，比如说书道。平安王朝男性的书法流传相当多，有时在茶室里就能看到挂在壁龛内的珍贵和歌断片。

被称为"三笔"的嵯峨天皇、橘逸势和空海弘法大师，还有称为"三迹"的小野道风、藤原佐理和藤原行成，皆为平安王朝的善书者。而且，日本古往今来也没有出现超越这些人的书道家。但是，与平安王朝初期的"三笔"相比，接近王朝文学极盛时期的"三迹"之书具有明显的和风与日本风格。纪贯之、藤原公任等人也是善书者，其笔迹多有流传。一时出现了众多这样的善书家。连绵体的假名书写可以称得上日本美的极限。平安朝出现了易于表达日本语发音的假名，或者说假名体已经定型，并且使得和文文学走向极盛，同时也使得假名书道走向极盛。然而，女性在文学方面多有优秀之作，但值得一观的女性书道作品却不见流传。虽有据说为紫式部真迹的和歌断片，但总让人觉得有些可疑。抑或正因为平安朝女流书法过于稀少，才会姑且保留紫式部的书法吧。

平安朝姑且不论，紧接着的奈良朝迎来了中国文化的引入，开始模仿唐朝文化。正如明治百年后的当今日本文化借助于西方文化一样，平安朝的文化也借助于中国唐朝文化。不过，这里值得考虑的是，平安朝的文化是如何移植或如何模仿中国文化的。关于中国文化的知识，我太贫乏，只能有赖于学者和研究家的见解，但即便基于我的直观感受，我们对于中国的庄严、伟大的文化，是真正地日本式地吸收移入了吗？是真正地日本式地模拟仿制了吗？对此，我抱有极大的怀疑。如若从一开始就加以日本风格地吸入，也就是说，按照日本之喜好而学习，不久就将变得日本化起来。看看平安朝的美术便会明白，建筑、雕刻、工艺、绘画皆是如此。例如书道，三笔之书虽不及中国的大书法家，但已经创造出日本式的美感来了，这是确定无疑的。到了连绵体假名书写形式盛行的时期，其所表达的日本美已为古今东西无可类比。

平安朝的假名书体优雅典丽，纤细至极，但

不可忽视那种流动的文字线条中所蕴含的崇高品格和苍劲力量。随着时代的推移，或出现形态走样而品格低下，或固守于窠臼而绵软无力。平安朝之后，也有禅僧之流书写的格调高致的书法，但在大约千年之间，日本风格的书体之美终未能超越平安时代。我每有机会阅读平安朝的文学，便会这样想，还想过女子的头发。日本女人的头发既黑且长又丰盛，但女人头发最长者，当是平安朝宫廷的女子。

因此，想一想平安朝对中国文化的移植与模仿，仅次于明治百年对西方文化的移植与模仿。不，正相反，我们反思今日对西方文化的接受，再看看过去对中国文化的接受，由于时代显著不同，也许不足以参考，但也还有值得参考之处。西方庄严而伟大的文化，尤其是精神方面，"明治百年"真正移植、真正模仿到了吗？这个问题不是依旧大可怀疑吗？从一开始就进行日本风格的吸收，按照日本风格的爱好而学习了吗？我想强调的是，吸收也好，学习也好，实际上，有些方面都未能彻底做到。

不过，西方的某些东西的确被日本化了。例如，观看现存的西方前辈名家的绘画，虽说是西洋画，却使人联想到日本文人的画风。还有关于西方自然主义文学的影响，在日本，有田山花袋、岛崎藤村、德田秋声的作品。日本是翻译大国，西方新文学早早被介绍进来。可以说，如今仍然活跃的文学家们是同西方文学一起一步步走过来的。然而，这些作家在外国人眼里或许是日本式的，再过些时候，这类西方风格的文学也就成为日本风格的了。今日回头看，明治、大正以及战前的文学明显就是这样。这或许就是日本人的命运吧。这个民族的命运不在世界别处，它同日本的创造之间有何联系是我们面对的重大问题。

大约千年前的往昔，日本民族根据自我需要吸收、消化中国唐朝文化，由此产生了平安朝之美。明治百年，日本人吸收西洋文化，果真产生出可以同平安朝相提并论的美了吗？纵令不及王朝时代，即便是像镰仓时代、江户时代的文化也好，这些能在世界上显得独树一帜的文化，究竟产生过没有呢？我们在过去的时代曾创造出日本独特的文化，因此我在想，在民族力量绝没有衰败的今日，日本能否为世界文化贡献新的创造呢？也许正在创造着什么，因为我正厕身于这个时代之中，不容易闹明白。不，或许这是今后的事。即使稍稍晚于经济与生产的隆盛，文化的隆盛终将会到来。

明治显然是勃兴的时代。"明治百年"的今日，究竟是勃兴的时代，还是正在步入烂熟的时代，同样因为我自己身处其中，难以做出判断。但我觉得今日似乎还是个未成熟的时代，既没有充分吸收西洋文化，也没有经过消化而变成日本风格。平安朝自从 894 年废止遣唐使，约百年后迎来道长时代。江户时代于 1639 年实行锁国，五十年之后迎来元禄时代。由于断绝了同外国的交往，确实使得文化实现了纯粹的日本风格，但不光是这个原因，还因为道长和元禄是烂熟时期。时至今日，我们当然不会梦想实现什么锁国，但与海外诸国的文化交流逐渐繁荣的时候，宛若世界博览会一般的存在，必须树立自己本国的文化，并且必须怀着创造世界文化的目的而创造民族文化，同样也怀着创造民族文化的目的而创造世界文化。

或许，这就好比跨越文化交流的地狱，将今日同往昔相对比，我有时会突发奇想：十一世纪开头的紫式部、清少纳言与和泉式部，她们与十七世纪后半的松尾芭蕉所学习和推崇的古典都是共通的，其数量很少。不仅是日本的古典，中国的古典也是如此。十三世纪的藤原定家、十五世纪的世阿弥和宗祇也都一样。自平安至江户的古典世界，相同的古典相互交流、相互呼应和相互组合，这是日本文学传统的脉络。这些皆因明治西方文学的移入而被分流，别的血脉混合进来，因而遭遇巨大的变革。但是随着时光的推移，我依旧感到古典的传统在流动。

昭和四十四年（1969）九月

一

日本美的展开

我曾经问一位来日本学习日本文学的意大利人："你对日本最深的印象是什么？"他即刻回答："树木很多。"经他这么一说，我便想，日本比起意大利，比起西方诸国来，的确树木很多。日本这些树木，不如南方诸国的树木那般明亮、鲜丽，颜色较为素朴、滞涩。但静心观之，日本的树木色彩丰富、多种多样、微妙纤细，为世所仅有。春天的绿叶那般明艳，秋天的红叶也同样如此。在日本这个国家，树木种类之繁多，花草种类之丰富，很少见于他国。不仅是树木花草，山海之景观，四季之气象，也是如此。在这样的风土、这样的自然之中，培育了日本精神和生活，培育了艺术和宗教。

仁德天皇的皇陵（五世纪）规模之大足以同埃及金字塔媲美，皇陵前方后圆，环绕着外濠与一排排绿树，形成一个树木林立的小岛。这里是没有建筑的森林。九州西都原的古坟群也是一群小丘陵，作为日本清净简素之象征的伊势神宫（八世纪以前），还有华丽精巧的标本日光东照宫（1636）等，一律都建在山中林间，即位于自然之中。可以说，周围广阔的自然就是神域和社寺。在古代日本，高山、深山、瀑布、泉水、岩石以至于古老的树木皆为神或展露神的姿态，其民俗信仰至今依然作为传统而富有活力。例如，伊势的二见浦岩、熊野的那智瀑布。由王朝政治主导的平安时代进入武家政治的镰仓时代之际，从都城到遥远地方上出现的那些著名建筑——宛若飘浮于濑户内海的宫岛的严岛神社（十二世纪）、中尊寺金色堂（1124）——表现了王朝的风雅，都是工艺的宝库。还有，平家的灭亡和源义经之死是日本人最为痛惜的历史悲剧。而这些故事发生的舞台成为《平家物语》《义经记》及散文叙事诗中的名胜遗迹。在日本，历史、传说、文学的遗迹被称为歌枕，被写入和歌与俳句，也经常见于纪行文学。例如，《伊势物语》、芭蕉的《奥州小道》都产生了文学上的歌枕。日本国土狭窄，开发很早，历史、传说、艺术的名胜分散于全国，多存于自然之中。近几年建成的京都国际会场也完全包裹于古都山林之中。我认为，日本就存在于优美而典雅的大自然之中。

比起平泉的金色堂和日光东照宫巧致细密的工艺装饰，热爱日本文化的西洋人更喜欢从龙安寺的石庭（十五世纪）、桂离宫（十七世纪）还有众多的茶室、茶亭的简净象征之中发见自然之生命，读出人生之哲理，吸收宗教之精神。他们或许正要接受今天日本人的传统。能乐比歌舞伎、水墨画比大和绘，瓷器上的志野、唐津比锅岛、伊万里，捻线绸比友禅织，更能体现日本之美。此种美未必只有禅或茶道的影响，而是自古以来的精神。

绘画方面的雪舟、连歌方面的宗祇、茶道方

面的利休，对此芭蕉说过"一以贯之"的话。确乎如此。我也很害怕这个词。水墨画，雪舟达于极致；连歌，宗祇达于极致；茶道，利休达于极致；还有俳谐，芭蕉达于极致。日本的小说，十一世纪初的《源氏物语》贯绝古今。和歌当数《万叶集》（八世纪）、《古今和歌集》（十世纪）、《新古今和歌集》（十三世纪）等。

佛像雕刻方面，自飞鸟、天平时代以来，佛画和金工以天平时代为最高，禅当数镰仓时代，陶瓷当数桃山时代。此外，不用说，世界最古老的木造建筑法隆寺（七世纪）是最高超的佛教建筑。再向前推，弥生时代的陶器、土器和素朴温雅的女性埴轮[1]诞生之前，土器、土偶早已有数千年历史，其男性的强烈意味和妖怪的造型胜过今日的抽象雕刻。自绳文时代至弥生时代，自男性威猛的奈良时代到女性婀娜的平安时代，两种进程极为相似。平安的优雅和物哀形成日本美的潮

1　埴轮，日本古坟外部放置的素陶制品，大致分为圆筒埴轮和象形埴轮。

流，经过镰仓的苍劲、室町的沉滞、桃山和元禄的华丽，又迎来了百年间西洋文化的进入，方至于今日。

昭和四十四年（1969）执笔

一

鹞鹰飞舞的西天

我有时想，《源氏物语》的作者是有《紫式部日记》好，还是没有为好呢？我有时认为还是没有的好。千年后的今天，此种怀疑和提问或许会被说是标新立异。有就是有，而且已经传承近千年了。但是有时候，此种怀疑和问题突然涌上心间。这是因为我自己毕竟是《源氏物语》的一个笨拙读者，同时又是一个作家。

　　我刚刚读完埃温·莫里斯的《光源氏的世界》（斋藤和明氏译），看到其中引用了《紫式部日记》的文字，就顺便也找来读了。我之所以说又读一遍，是因为去年春天我住在夏威夷饭店时也读过这部日记。我从三月至六月拉拉杂杂读了一些与《源氏物语》有关的作品、参考书和研究资料，虽然有时也会想到，这样一来，难免将"物语"本文忽略掉，但这样做有这样做的乐趣。不过，好多书都引用《紫式部日记》，每每相互重复，令人心烦。然而，此中引用的正确性和必要性也不容否认。这引起了我的疑惑：《源氏物语》的作者到底是有《紫式部日记》好呢，还是没有《紫式部日记》好呢？莫里斯的《光源氏的世界》第九章"紫式部"也以引用日记而结束全文。

世上的人对我的看法是，美固然美，却是个性格内敛之人，避人耳目、了无感情之人，喜欢古代故事而备加珍爱之人，整天醉心于和歌、无视他人存在之人，以憎恶目光蔑视世上一切之人——世人认为这就是我。尽管如此，大凡见到我的人都众口一词地说：你是个极其沉稳的人，是过去不曾想到的人。本来人们以为我是个被社会抛弃的可怜人，而且，我自己也已习惯于这种看法。我经常用这样的话提醒自己："这样的性格，就只能这样，别无他法。"

羞于艳丽，不被别人所注意，对人不亲不疏，喜欢故事，有恃无恐，在和歌中不把人看成人……所以像我这样的人，不可能使你认为是能推心置腹的人。[1]

对照原文，这里所看到的解释鲜明、娴熟，如现代语言一样易读。这对于尝试用现代语言翻译《源氏物语》的我来说，给予了宝贵的启示。用现代语言翻译会招致自始至终的迷乱、无法解决的迷乱，这自不必说。到底是尽量逐字逐句，忠实于原文呢，还是依据生活在现代的自己之理解而自由翻译，也就是说，容许自我鉴赏、省略和补足，制造出属于我的《源氏物语》呢？从愿望上说，我真想创造出两种译作来，供人们各取所需。然而，为我留下的时光毕竟不多了。

---

1 参见《紫式部日记》第五十六章《才女评价：清少纳言，自己》。

所谓逐字逐句翻译和自由翻译，不用说，还是自由翻译困难，容易出错，但逐字逐句翻译真正实行起来，几乎是不可能的，对此我深有所感。原因种种，十分复杂。其中之一在于现代日语，也在于现代日语词汇。我自从开始写文章时，就一直对现代词汇以及词汇的美感抱有怀疑与不满。然而，对于我来说，《源氏》的词汇不仅限于"满意"，例如少数形容词的罗列、重复，给所有的人在理解上造成麻烦，更给翻译带来困难。还有，我出身于京都和大阪之间的乡村，常常为词汇、语感和出生地的偏僻而心怀隐忧。对于"简体""敬体"还有"谦让体"等，感到迷乱而拿不定主意。曾经想过以京都方言为基调进行翻译。"谷崎源氏"对照原文阅读，虽说是逐字逐句的忠实翻译，但同时也忠实于谷崎氏自身的"创作风格"和文章作法，怀着敬意重新阅读。但谷崎润一郎生长于明治时代的东京，是个保有江户遗风的人，其词汇与语感怎能不带有江户语调和特色呢？怎能不带有江户风格呢？这就是我读"谷崎源氏"时的疑问。

日本古典的现代语翻译，既无用亦无益，或者是有害的，却也是出自对古典的真诚热爱与尊重。事实上，严格地说，现代语译是不可能的。对此我有亲身体会。依据《湖月抄》阅读《源氏》，同小小的活字印刷本相比，在感觉上似乎很不一样。这使我很感惊讶。假如我的诺贝尔奖因翻译受到审查而被取消资格又将怎么办呢？我极力不朝这方面想，并且强忍着不说出口，但这种想法一直在我脑子里盘旋，直到我前往瑞典。在斯德哥尔摩旅馆，一个瑞典科学院会员同我谈话，其中一项内容就是：我的作品通过英译、法译和德译等，并在一起阅读、讨论，他们认为各个篇章最优秀部分的翻译，都很好地传达了原文的内容。因此，我半开玩笑地说，比起实际水平，我倒是占了便宜啊！我知道会员们付出了常年未有过的辛劳，凭借一颗感谢的心的功德，突破了翻译审查的局限。

"今天接触《源氏物语》之际，大部分日本人都读过杰出的作家谷崎润一郎的现代语译本。一些读者，包括那位大名鼎鼎的正宗白鸟，却认为阿萨·威利的英译本较之原典更容易理解。"莫里斯说，"阿萨·威利的英译版本《源氏物语》是自由翻译的范本。这是一种几乎达于自由翻译极限的翻译。我认为，这实际上是驱使'再创造'的语言而获得的好处。之所以这么说，是因为他把紫式部的小说，纯粹当作英国文学的伟大作品加以卓越活用。威利简直就像魔术师一样，将紫式部的文章结构随心所欲地加以灵活运用。而且，在必要的地方，加入他自己的说明词语或文字，将原文简洁的表现延长开来。"但是，"对照原文阅读，你就会明白，恰好在此处感受到译者凭着细致的神经，慎重、严密地译出了紫式部想要表达的东西。书中时常出现这类情况。"而且，"威利为了将紫式部的文章提高到最美的境界，进行了左右纵横的加工。"

莫里斯的《光源氏的世界》一文，涉及威利英译本的地方比较多，而且，同样操着英语圈文学家的语言，但莫氏很善于鼓动人心，对威利氏作了颇为深情的回忆。我眺望书斋西窗外面山上飞舞的一群鹞鹰，一时回忆起同威利氏仅有一次的邂逅。十多年前，在伦敦国际笔会盛大的晚宴席上，我的左侧座位坐着外表寻常的老年男士和老年女士。狐疑良久，右侧座席上的人才告诉我，他就是阿萨·威利。"哦，是威利先生吗？"我首先亲切地跟他打招呼。唯有威利氏一人座椅明显地撤向后面，我对此感到有些疑惑。我们前往伦敦是为了协商和招待各国代表前来东京参加国际笔会的事宜，在这样的欢迎晚宴上，日本的西大使和我们自然是主宾。

虽说我和威利氏开始亲切交谈，但我几乎不会用英语对话，自然说起来拖泥带水，只为表达亲切感而已。就连能够熟练翻译《源氏物语》等日本古典文学的威利氏，其日语会话和写作都不甚可靠。同行的著名翻译家松冈洋子坐得很远，不过，英语和日语的三言两语，加上英日两种语言的笔谈却也够用了。有时，威利氏也越过餐桌，探过身来同我交谈。笔谈使用的是我的笔记本，如今应该还在我家里。下回一旦找到，还是烧掉为好。例如，我的《十六岁日记》发表时的誊抄稿不知是撕毁了还是烧掉了，所以使得川岛氏在《川端康成的世界》一文中凭想象说《十六岁日记》中有的内容是二十六岁发表时的"添加修正"。即使遭到如此臆测和妄评，也失去了予以否定他的确凿物证。

《十六岁日记》被认为是十六岁执笔时的原貌也罢，或者就像有人怀疑的那样掺进了二十六岁发表时的"创作"也罢，对我来说都无所谓。而且，熟读我作品的川岛氏在推论之中也指出了一些被我忽略的地方。另一方面，对我的所谓"人情味"的过于狂热的猜疑与误判，即使对于这些观点我也接受了。例如写作《十六岁日记》的书桌，"我从桌边转过身来（当时，我在榻榻米上摆着一张大书桌）"。在那张大桌子上，我写完了《十六岁日记》的一部分。昭和十三年（1938），三十九岁的我在改造社出版的《川端康成选集》的后记里写道："靠近祖父的病床边，放着一张脚凳代替桌子，脚凳上立着一根蜡烛。我就在这上头写完了《十六岁日记》。"川岛氏说"这不符合逻辑"，确实是这样。正像川岛氏所推断的那样，"如果说先生用过两张桌子，才比较合理"。

　　那间榻榻米房子，我今天已经记不清了。那房子内部属于乡下租屋的布局。客厅八铺席，佛坛两到三铺席，南北并联，这是西侧。东侧有玄关和餐厅，还有一间屋子。我在客厅放一张桌子。祖父的病床铺在稍远的卧室内。在《十六岁日记》中，我为了更生动地描写祖父，尤其要记录祖父说些什么，所以写成是在"靠近病床"旁边写完了《十六岁日记》。我没有将客厅里的大书桌搬入病房，而是利用脚凳代替书桌。那篇给人"仅仅在脚凳上完成写作"这一印象的后记，虽然有些修饰，但多是在脚凳上完成倒是事实。祖父患白内障，眼睛几乎看不见，他不会注意到我写《十六岁日记》的事。祖父的头脑已经犯糊涂了。雇佣的女佣御美代老婆子也根本不关心我在写什么。

我不记得她提到过什么有关我写作的事。即使稍有人关心，我也会因羞愧而停笔。因为这是属于我个人的秘密行为。

即使我说"记下了祖父的一些话"，但由于我不懂速记法，尽管祖父舌头不太灵，他在不停述说的时候，我也不可能全都记录下来。祖父的话难免或多或少有些遗漏，不能称作完整的写生或写实文字，但作为一个十四岁的孩子，也算是完成了一篇速写。我写出了《十六岁日记》。后来，我再找出这篇文稿的时候，连我自己都感到惊奇。发表时，我加上了不甚高明的解说与后记。我有些后悔，觉得还是不加为好。然而，"竟然忘记了写日记这件事"（选集第六卷后记），对于川岛氏所说的"先生不会着意当时的写作动机"，这样的看法似乎不太像是川岛氏做出的认同。尽管忘记了写日记这件事，一旦发现，还是泛起好多记忆。要是再阅读一遍，还会想起各种各样的事来。再次遇见已经忘却的人与事，还有场景，对以往总要做一番回忆。这是人之常情。我有时认为，这些被我忘却的部分，也是人生的绝大部分。同《十六岁日记》没有关系。忘却，既是我人生的恐怖，也是我人生的恩宠。

《十六岁日记》的发现和发表之间的时间，我在第一篇后记里记述"发现"，十年后的第二篇后记二中又说"发表十年后"。实际上是十一年后。就是说，从发现到发表之间"确实经过了一年多的时间。这期间，作者也曾将日记作为素材重新加工"。我没有办法打消川岛氏的这番推测，所谓发现在"十年后"，便是后记的虚构，是我的"小说"，但我从未有过"作为素材重新加工"的想法。《十六岁日记》很早以前就在我手里，正如川岛氏明确指出的那样。但是，我在哪篇文章里曾写下过"大正十三年（1924）三月大学毕业后没有回过家乡"的话，被川岛氏引用并指出这里所说的"家乡"是原籍所在地的乡村，而并非保存装有《十六岁日记》提包的伯父的家乡？这类随笔和感想文被众多的评论家和研究家当作证据或关键材料加以运用，而我对这类东西一直抱着怀疑的态度。所以，我才会联想到没有《紫式部日记》反而更好。

昭和四十五年（1970）三月

永远的旅人

一

一

是白粉蛾漫天飞舞吗？哦，是春雨。

"要是天晴，可以采蕨菜了。"女佣说。四月八日。

彼岸樱、白玉兰，此外还有好多种花都开了。雨蛙叫了。狩野川也该有小香鱼了吧？去年，我曾经指着菜盘里的炸鱼，问女佣是什么鱼。女佣立即拿来配菜师的信。

"送去的是小香鱼，这是秘密。"那是解禁前有人偷捕来的。不过那时节牡丹花已经开了，今年为时还早吧。

山茶花开得正盛，纵然露出随时凋落的样子，但实际上却是顽强的花。今年新年一过，我和本所[1]帝大[2]福利团体的学生们到净帘瀑布[3]旅行。一路上，我们不断地向河对岸投石子，企图打落树上的花朵。用力投出的一枚石子，飞得很远很远。然而，四月初走来一看，依然开着花儿。我和武野藤介君两人又投石子。新年时节不曾凋谢的花朵，到了四月，纷纷掉落在溪流里了。

或许因为是山区吧，经常下雨。下一阵子，晴一阵子。凌晨两点，打开浴室的窗户向外一瞧，又下雨了吗？不，满地月光。白色的雾霭羞羞答答地在溪流上空徘徊。

"莫非初夏了吗？"

我猛然想起，还是四月初呢。空气清澄、枝叶丰蕤的山间夜晚，经细雨和月光两度洗涤，爽净而安适。

1　东京墨田区地名。

2　指东京帝国大学，即今日东京大学的旧称。

3　一般称净莲瀑布，位于静冈县伊豆市汤之岛，名列日本瀑布百选之一。

这雨后的夜月之美，实际上是可以经常体验到的。我同旅馆的女人们一道去参加地藏菩萨节，众多的提灯似乎被人忘在了田圃里。去时落雨，归途月出。山谷里烟霭萦绕。这年冬天，我和中河与一君全家乘马车去吉奈旅馆，那天也是下雨，接着转晴，又见月光和雾霭。

"月亮也在移动哩！"

某年夏夜，坐在这家旅馆后面的河边亭子内，不知是谁对我这么说。身边，东京来的孩子们，竞相转动着烟花香火，描画出巨大的火圈。

"要说会动倒也怪，不过，每天晚上坐在同一个地方观察月亮，才知道那月亮的轨道确实在一点点移动。"然后举起手来，"昨晚经过这棵树梢，前天夜里——"

但是，在汤岛看不到硕大的月轮，也看不到像样的朝阳和像样的落照，因为东西都是山岭。早晨，首先看到西边山峦裹上阳光明丽的霞帔。太阳于那霞帔的边缘，沿着山坡滑行、扩大，渐渐升高。夕暮，东边的山峦又裹上霞帔。即便汤岛的山脱去云霞，天城峰也还不肯脱去。

要想观赏朝阳和落日的色彩，可以站在国道上仰望远天的富士山。富士山既浸染晨光，也浸染暮色。

星空褊狭。

嗨——呀，

嗨——呀。

打声招呼

举起手，

无忧无虑的孩子一起来，

后边的竹林摇动不息。

这是村中小学女孩的歌。

没有比竹林更加亲近阳光的了，凭着那番寂寥和深思的细腻感情。人言道，京都郊外，竹林千里。虽说并非如此，但这里的河岸、那里的山腹，几处稀稀落落的竹林愀然而立，自有一种闲静的风情。我经常躺在枯草里眺望竹林。

从向阳的一面眺望竹林是不行的，应该从背阴里看。那煌煌然蕴蓄于竹叶内部的阳光该是多么美丽！我的心为竹叶和阳光间亲密的光之嬉戏所吸引，随即堕入了无我之境。日光纵使不很明丽，那种将竹叶透映出淡黄色的光亮，也会使得孤寂的人儿对那种色感心向往之，不是吗？

我自己也变成那片竹林的心境了。一个月里几乎都未和人对话，犹如空气一般澄净，忘记了自己感情和感觉之门扉的开阖。

然而，时时袭来孤独的寂寥，我闭上眼睛，咬着睡袍的衣袖，闻到泉水的幽香。我喜欢温泉的气息。如今在这块土地上住惯了，不觉得什么，以前舍弃车驾，跑下斜坡，接近温泉，嗅到泉香，我就流下泪来。当我换上旅馆的衣衫，就将鼻子抵在袖口上，吮吸着这样的气味。不光是这里，各个温泉乡都各自有着不同的泉香。

"我登过那座山的顶峰呢。"

朋友一来，我就站在下田国道上，指着钵洼

山说。那座山有三千多米长的斜坡，沿国道一直走到天城岭附近。因此，从这座村子望去，显得非常高渺，就像翻扣的钵子，遍山长满野草。花了四十分钟到达山顶。从山下看起来那些可爱的枯草，上山一看，原来都是齐腰深的芒草。突然，急匆匆钻出五六个割草的男人，奇怪地打量着我。于是，连我自己也觉得独自登山有些反常，便急急忙忙下山了。那是在去年无聊的岁暮。

不久前，我同武野藤介君一起登过后面的枯草山。看上去缓缓的山坡，刚跨出第一步，就变得陡峭起来。望着随时下滑的脚跟，然后将视线转向溪谷对面的山腹，那一带山林的梢顶以一股可怖的力量近逼而来。上山时还好，下山时，胆小的藤介君站在那里，不敢迈步了。

如同面对这个时节的杉树林一样，我面对山野、天空和溪流，时时蓦地打开直观的窗户，一面惊诧，一面浸润于自然之中，伫立不前。我凝神望着那白穗子一般自枝头垂下的花朵，从白花之中感觉到一种深沉的静谧，而且发现白花所持有的病态的疲劳。

我到那里散步，没有一个人影，也看不到一座房子。不仅如此，房客也只有我一人。深夜，楼上无人，猫在西式房间里不停地叫唤。我走过去打开那座房间的门扉，猫跟着我的脚下来到我的房间里，爬上膝头安静下来。于是，猫的体臭流进我的脑子，我第一次感知到猫的体臭。

"所谓孤独，或许就像猫的体臭吧？"

猫从膝头站起来，神经质地抓挠着房柱。

一座村庄会不会只有一只猫、一只狗呢？要是这样，那猫或那狗直到死都看不到别的猫或狗了。

一条道路出现了。自汤岛嵯峨泽桥附近，同下田国道分离，从世古瀑布方向通往伊豆西海岸的松崎港。细细的松崎国道加宽了，直通到世古方向。

四月六日，举行这条道路的行车典礼。在别墅的院子里，旅人唱起了《安来小调》。

打从庆典的前一天就下起了春雨，今日突然转晴。四月十三日。树干和枝叶、屋顶、鲜花和溪流，各种风物都在阳光的照耀下泛着绮丽的光亮。

　　　　　　　　　　大正十四年（1925）五月

一

燕子

你听说过老鼠弹琴的故事吗？——告诉你吧，昨天夜里，我吃惊得从被窝里跳起来了。

　　这是一家不值一提的山间温泉旅馆，楼上一共有二十几个房间。昨晚的房客只有我一人。这倒也不算稀奇。谁知半夜里下起了大雨，屋脊上仿佛有很多人跳舞，脚步杂乱，来回奔突。一个人待在房里，简直像被妖魔袭击，那是同一种生物——人魔。它始终瞪着眼，老虎一般露出牙齿要咬人，又模仿这座山上的野猪爬山，我只能苦笑待之。不料，抬起眼睛朝旁边一看，刹那闪过人的影像，眼睛似乎也随着人影移动了。不知为何，我蓦地缩起身子。不是幻听，而是幻象。天上的云彩、溪谷的石头、障子门、玉兰花、手巾、花瓶，还有马……看起来都逐渐变成了人脸、人身。因此，大雨敲击屋顶的响声，听起来也像人的足音了。而且，我自己心里也明白。但不知为什么，我又想打开挡雨窗看个究竟。就在这时，隔壁房间突然"叮"的一声响起了琴音。没什么，那是爬过横栏的老鼠，掉到琴弦上了。

接着，雨戛然而止。

咻咻咻咻，啡啡啡啡，咻——咻——

是溪谷里雨蛙的鸣声。每每听到这种蛙鸣，我的心中就弥漫着月夜的景色，这条优美的溪谷上雨过天晴的夜景！当然，下雨时有蛙鸣，黑夜中有蛙鸣，昨夜不知是否月出，但今朝一看，却是爽净的晴天。况且又是星期日。我按照星期日的习惯，走访了村中小学的一位年轻教师。

"瞧那绿色，全都变绿啦！"

他忽然望着野外，一时间滔滔不绝起来："到了新绿时节，这一带反而让人觉得十分寂寞。或许是因为住在这儿的人的生活底色本来就像古旧的茅草屋顶吧？还有，对于我来说，初夏时候，这里的自然界带有南国风格，略有几分生疏感。只有富士山是例外，那座山的姿容是例外。但这一带似乎是从盛春一跃而跳到了初夏，你没有这样的感觉吗？这里，完全没有晚春或暮春的概念，不是吗？

"此外，使得这里寂寥的原因是这片土地没有艺术。说起艺术，有点强人所难，但木曾[1]有木曾舞，追分[2]也有追分小调或什么舞蹈，出云[3]有什么什么，别的地方有什么什么。总之，很多地方都具有在当地渗透深远的民谣之类。但是，这里没有一首富于乡土气息的民谣，到了盂兰盆节也不跳盆舞。爬山、拉车或插秧时也不唱歌，大家都默不作声。即便养了很多马，也不骑马，只骑自行车。我转任到这座村子，看到这样的情况大为惊讶。而且这使我想起过去的事。

"两三年前，我住在大阪郊外的町镇 —— 现

---

1 木曾，长野县西南部木曾川上游流域的总称。

2 追分，长野县轻井泽町地名，位于浅间山南麓。

3 出云，古国名，在今岛根县东部地区。

在已经编入大阪市了，在那座町镇的学校里任教。那里有全日本首屈一指的大型纺织厂，厂内的盆舞颇有名气。因为只有厂里的女工参加跳舞，一般是不对外公开的。不过，我在那座工厂的女职工学校讲课。一旦要跳舞的时候，女工们就分成七八组。哎呀，这是干什么呢？我想。原来她们每组跳的舞都不一样。例如，丹波国和越后国等地方的盆舞乐曲以及跳舞时手的动作、脚的节拍都是不同的。所以只能是各人跳各自家乡的舞，使之开出颜色各异的乡土之花。看过几场舞蹈之后，最能感受到乡愁是一番怎样的滋味。而且，各个舞场的一角都有大型打靶场，职员们可以练习引弓射箭。射箭者和举靶子的人都躲在白杨树林荫道之间，看不见人影，只能望见煤气灯照耀的光亮的白杨树丛里，流矢嗖嗖而飞。看着女工们的舞姿和流光溢彩的箭簇，我几乎流下眼泪。

"来到这地方之后，我时常想起那里的盆舞。我想，这里的姑娘也许以为，即便到那座工厂上班，如果不参加任何舞蹈，就只能呆呆看着别人的故乡之花。其实不然。首先，这边的姑娘不愿到那里做纺织女工，大家都有自己的家庭，离城市很远，正直而善良。可是个子为何都这么矮呢？这个且不说。其次是或许她们生活富裕，人人都不想受刺激吧。这就更使得外地来的人觉得这座村子太没有意思了。可以说，这座村子没有恋爱，风俗礼仪都很死板，是个缺少爱情的村庄。——所以，抑或就没有前边所说的艺术。只有富士山才是这里的艺术。

"你猜怎么着？最近我担当班主任的那班学生——都是普通小学五年级的女生，我叫她们三十四个女孩任意画一幅画，结果大吃一惊。以富士山为背景的画，就有二十一幅——"

"嗬。"

"我完全惊呆了。从这里望去，远天里的富士的姿影，说是一座山，更像一种天体，于空中隐蕴着一团细柔的光亮。"

年轻教师看我一脸惊奇，继续说下去：

"孩子们或许从富士山的影像中感受到了自

己的美丽和理想中的姿影吧？而且，画面上总有燕子飞翔。这样的画共有十二幅。"

"燕子？"

"嗯，燕子。这也使我感到意外。我还没有注意燕子是否来了，刚到四月末嘛。然而，孩子们都看到了。细想想，孩子们依然感知了季节的艺术，我反而太迟钝了。"

这位又作诗又写小说的年轻教师，说着说着笑了起来。

"是吗，画燕子的人这么多？"

"是的，有燕子的画共有十二幅。"

"燕子，就是那种燕子啊。关于温泉的燕子，我也有一段美好的故事。"

于是，我也讲述起来。

"我的一位朋友的恋人是电影演员。两人上学时就很亲密，但一直没有深入发展下去。女子在大红大紫之后，一心想离开那个男人。不过，当那位女演员的片子在浅草电影院开始公映时，两个人都去观看了。当时，那部电影中有个场面，女子一副清纯的山村姑娘的装扮，独自一人走下山坡。他俩看到这里，发现银幕一角，有只燕子像流星一般欻然掠过。啊，燕子！女人不由惊叫起来，遂同男人互相视对。拍摄这一场戏时，导演和摄影师也许没有注意到燕子飞入镜头，女演员也全然不晓。电影结束后，女人多次告诉男人这件事，"燕子，燕子"，念念不忘。看来，那只倏忽掠过银幕的飞燕的姿影沉淀在女子的心底里了。燕子在飞翔，那只燕子——眼见着疲惫不堪了，这时便一头栽进男人的怀抱，静静地哭泣起来。那位朋友告诉我，那段山坡戏，就是在这家温泉场拍摄的。

"我很喜欢这段燕子的故事，就像你刚才所说的在舞场看到的箭矢，所以你应该明白我的心境。"

"可不是吗，这座村子三十四个少女就有十二人画下了燕子。"

"燕子。"

"燕子。"

我们一边再次念叨着，一边环视着绿风吹拂的天空。

大正十四年（1925）六月

一

温泉六月

我站在马路上扬手呼叫马车。六月一日。我雇了一辆马车由汤岛温泉到吉奈温泉去打台球。来到嵯峨泽桥上，赶车人说：

　　"今天河里定会挤满黑压压的人群吧。"

　　今日起，开捕小香鱼。白色的路面落满樱桃，马车像小蛇游泳一般穿过，车轮辗碎了满路的樱桃。到达吉奈温泉，别墅租赁办公处的一位跛脚少女，吧嗒吧嗒爬出来，借给我台球。

　　吉奈山麓上生长着难得一见的四五米高的石楠花大树。石楠花是天城山的名产，比起其他地方，长得既高大又茂密。

　　我在汤岛，看到了美丽的石楠花。

我只能用这样的表现手法。这是白鸟省吾氏诗中的句子。石楠花大都是通红的蓓蕾，粉红的花瓣。据说，也有的花朵是淡黄色或纯白色。据说白花最为珍贵。叶子是枇杷叶的孩子，花是杜鹃花中的大妖魔。这种长寿的花插在我房间的花瓶里，开了将近一个月。从那花瓣表面的感觉里，我寻找出都会的疲劳。对于在山里住了三个月的我来说，各种疲劳中，来自都会的色彩、形态和声音的疲劳是最想得到的。因此，修善寺温泉等地方只能给我带来失望。

　这个月中旬，中学时代的同学欠田宽治君和清水正光君，先后差一天从大阪来看我，竟在汤岛不期而遇了。第二天，我们三人一起去修善寺。我们对修善寺的土里土气大为惊讶。一流的旅馆也是出乎意料地落后。出售的点心没有一样可口的。相反，因为我是从东京来的，他们以为我肯定对修善寺过于洋气而吃惊并感到失望吧。欠田君在住宿登记簿一写上"大阪市东淀川区"一行字，旅馆的伙计就来问这问那。胡乱将郡部编入日本第一大都会大阪市——三人一起谈论着大阪人如何糟蹋邻近各地的故事。最近，奈良和大津就是很好的例子。一旦大阪人来到这些地方，尤其是花街柳巷，便立即失去古老的情调，变得洋里洋气了。

款冬花的花茎给我留下同石楠花相反的印象。时令尚在春天，我沿着松崎国道攀登猫越岭。从山麓向上爬到约莫四公里处，一条类似闪电形状的小路一直通向峰顶。谷川的水源看起来已经干涸，露出雪白的石子。溪谷里是种植山葵的水田。一场小规模的山火使得小路断绝在它的遗迹之中。没有绿树，随处可见的巨大的树干，为了烧炭，都砍倒了。头顶笼罩着冷飕飕的雨云。鼻子依然闻到古老焦土的气息。那时候，款冬已经放散出香味，款冬茎也已衰老。尽管如此，这种花却是这片焦土上唯一的绿色植物。我的祖父非常喜欢这种"款冬小姨"[1]幽微的苦涩味。我时常为双目失明的祖父采摘款冬的花骨朵。——去年四月，我曾经伙同旅馆里的人到后山采撷款冬花茎。今年去收获山葵。不知是谁写过：采摘山葵是很忧郁的活计。但我不这么想。也许因为它长得像荒原杂草一般繁盛吧。采摘后，将生鲜的山葵连连吃上十多根，不得不说，那种青凛凛的苦涩味，实在美妙极了！

　　但是，款冬花茎和山葵都是春天之物。石楠花也在六月凋谢了。石楠花是五月的花。眼下，身边的白花盛开在红色的根干上。

大正十四年（1925）七月

1　意思是与款冬同类的植物。

一

伊豆姑娘

要说我最近看到的田家女——当举伊豆姑娘。
虽说是伊豆，但山地和海岸的生活情景大不相同。
至少在风仪上迥然各异。例如，由伊豆半岛正中
的天城岭向南跨出一步，你就会立即感受到那风
物一望无尽，变得带有南国风味了。这半年我待
过的地方都是温泉，有修善寺、船原、吉奈和汤岛。
这一带的民众生活没有什么特色，没有什么东西
能够给外来人留下深刻的印象。就是说，没有风
情闯入我们的好奇心和批评眼光。姑娘们的风俗
和习惯几乎都是一样的。我所知的姑娘多数是旅
馆女佣，从外表看都是田家女儿，但仅仅是一面
之识，没有深入触及她们的生活。

提起乡下，还是先说都会。按一般想法，说起这里，总是会脱不开东京来。一旦同大阪和京都的乡下相比较，东京的乡下一点也不开放，而且格外瘦弱。但是，在伊豆生活似乎相当快乐，没有东京乡下常见的荒寒和贫瘠。还有，一心念叨着"去东京，去东京"的愿望，在姑娘们当中似乎也不太强烈。毕竟作为女工，先去别地工作的人很少。因为温泉多，尽管东京人大量涌入，似乎也未受到什么特别的影响。但模样标致的城市女子到来，旅馆的女佣立即说道："长得真好看呀。"这句话带有非常单纯的音调，给人以愉快的感觉。

　　而今，我所在的汤岛温泉位于一个小村落。嫁了人的女子有两三家，不用说，都不是当地的女子。不过，和这些女子搭话的村妇和姑娘都很有意思。例如，下雨天，有的女人从公共汽车下来，一走进点心铺就"啪"地拍一下前来购物的村姑的肩膀。姑娘报以温和的微笑。接着两人就随便站着聊了起来。还有村妇坐在廊缘边，敞开胸脯给孩子喂奶。还有些奇怪的女子，蹲在她们面前，没完没了地唠家常。今年冬天，不知为何，来了许多朝鲜的卖糖人，有的还在村中租了房子，开设了糖果铺。小河岸边，时常能看到穿着白裙子的朝鲜妇女洗衣裳。街道对过的人家里，村中妇女排排而坐，跟穿一身白裙子的女子学习朝鲜语。她们都是一脸若无其事的表情。

其间，我在吉奈温泉听无线电广播，狗总是对着收音机狂吠不止。但是，和田家的狗不同，女人们接受东西时那副无动于衷的样子，我以为非常有意思。

最近人们都说，东京这种大城市的女子渐渐变得无贞操了。但看看各地的乡间女子，自然会觉得东京女人依然被难得的贞操捆住了手脚。东京的女子，不论是品行过于高尚，或者过于恶劣，总显得有些不自然的味道。然而，乡下女子纵然极恶或极好，看起来都很自然。在伊豆，海边的猎师町或码头，或者走到南方，似乎也有很不好的去处。但这块地方，只能说风仪纯美。伊东和长冈似乎都是游乐之地，而修善寺纵使有温泉，也不是游乐之地。

这里正逢插秧季节结束。近来，我每天观看插秧，深感意外。没有什么插秧歌之类的东西。一位报社记者对我说，这地方生活快乐，少刺激，因而恋爱的要求不发达。确实可以说，不为生活之情所动。

我长期待在这里的乡下，最突出的感觉就是"一成不变的境遇"。第一次感受到境遇支配人们命运的力量。我所详知其出身的姑娘，大都是旅馆女佣。她们的境遇和命运犹如一根长线，明显地映现于我的眼前。而我这个飘忽不定、大而言之堪称天涯孤客而谈不上什么境遇的人，对此感到非常不可思议。想想这些姑娘们，我的心情犹如立于山间夕暮之中，一片迷茫。

还有一件事，堪称女人的"世故"。这家旅馆有个乡下小姑娘给人看孩子。不到一个月，说是因为在旅馆服务将变得世故而辞职了。一旦少许认真交谈起来，大多数女佣就连说"世故，世故"。丝毫不世故的田家少女，一提起世故，就反省自身。自己到底世故还是不世故，仿佛是本人生活中的一大问题。不仅是农家女儿，就连城里的姑娘也一样。那么，女人的"世故"到底是怎么回事呢？我在考虑。所谓世故究竟意味着什么？纯粹，对于女人自身或对于男人具有怎样的意义呢？女人为何将此当成人生的一件大事呢？

伊豆是多山的半岛，给予人们半数以上生活食粮的，不是农地，而是山和海。因此，这些少女不就是山、海和原野的女儿吗？然而，伊豆绝对没有美人。

大正十四年（1925）八月

一

东京的女子

年末，一年一度进京最使我惊讶的是，东京的女子普遍都不健康，看起来很怕人。身体健康的只有女学生。她们看起来都很疲惫，病恹恹的样子。纵然为活命、为色情，总之，我痛切地感到，都市女子都过着极不自然的生活。我由此明白了一个新道理：女性较之男性，是多么不幸的存在啊！待在乡下对此感觉不到，因为山野间的生活，男女承恩受惠的程度之差不像城里那样巨大。

　　石滨金作氏在《男女之美》这篇文章中描述了男女一起工作的美好，但今天早已看不到男女农民共同耕作的那种自然形象了。因为在当今的社会根本没有那样的工作。看来，只有农业才是男女共享惠泽的世界。因而，男女共劳之于今日，就更加谈不上了。等到男女共同在城市工作的姿影也能让人觉得像耕种土地那般自然，真不知要到何年何月。还有，即便女人守在家中，乡间的房屋门窗也都向自然敞开，感觉不出都市楼阁那般闭塞窒闷，而且很少有女子像农民妻子那样理解丈夫的辛苦。当然，这只是外观的感觉。但即便如此，我也并不认为这种"表面"和内面的真实完全相反。

"东京的女子，不论是品行过于高尚，或者过于恶劣，总显得有些不自然的味道。然而，乡下女子纵然极恶或极好，看起来都很自然。"我以前曾经这样写过。论其容貌妍媸，见到田间山野劳作的女子，我从不觉得有多么丑陋。但在东京，我感到有许多女子奇丑无比。我自然抱着"东京女子皆佳丽"的期待来京，那么，我无疑认为，都会本身的生活组织对于女性的容貌具有高度的敏感。这一点对于女性未必是幸福。即便化了妆，乡间来京的女人与其说不自然，大多更带给人一种滑稽感。裹着一身粗糙的衣服，只有脸蛋儿浓妆艳抹，打扮新潮，但似乎呈现出全体女性的悲惨。就连那些矮个子女人，也是一头遮耳的长发，一副茅草盖锅的样子。这番努力愈加显示出女性世界的惨痛。即便不是这样，贫弱的肉体也透露着不健康的表情。我从温泉男女混浴的悠久习俗中看到女人的裸体，虽然她裹着厚厚的浴衣。这种事要是搁在东京街头女子的身上，将会使我悲戚不已。

总之，今日的都会生活使得女性比起男性多承受了数倍的不幸，而且还会将女性拖入更多的不幸。即便是职业妇女或者是新潮的现代女郎，在乡下人眼里，也各有各的不自然之处，因而显得滑稽而悲惨。唯有女学生例外。女学生似乎是现代女性当中最幸福的存在。看起来很自然的是和睦家庭中安详的妻子。

只有整个人类都回归乡土，女性才能迎来幸福健康的时代。东京的女子被男人和都市双重征服，确实是痛苦的存在。应当首先从男人那里解放出来，同时也要从都市里解放出来。果然如此，皆大欢喜。不过，我以为，只要从都市中解放出来，同时也会从男人那里获得解放。

大正十五年（1926）三月

一

南伊豆行

十二月三十一日

走在国道线上，寒风凛冽，一身长袍大袖赛蝙蝠。忽然想做一次南伊豆行。为了写《伊豆的舞女》续篇，还是看看下田地方为好。我花了二十分钟，草草准备一下，遂乘上一点多钟驶往下田的定期公共汽车，流星般沿着天城山道疾驰。

进入山顶的山洞。北口的茶店已不复见。那是写进了《伊豆的舞女》的茶店，住着老婆子和患有中风病的老爷子的茶店。那座房子没有了吗？老爷子死了吗？我想。这回隔了八年，我又来登天城山了。

出了山洞朝南走，眼界开阔起来。曲曲折折的道路，俯瞰下去犹如模型图。远方起伏的山峦峰顶是南国明丽的晴空。我心情振奋。这风景完全忘却了，因此感到很新鲜。南面重叠的山峦一重比一重淡薄，海上的天空临近了。风很猛，赛璐珞的窗户呱嗒呱嗒响。

车停于汤野。汤野，春季的一场火灾，烧去大半个村子。舞女一行八年前住过的客栈，似乎就在如今的汽车站一带。一排排木香犹烈的崭新建筑，已看不出昔日旅馆的影像。仅供放尿的短暂休息之后，车又出发了。

离开汤野，再次进入山谷。左侧可以看见海。——下河津之滨，相模滩。海面上的伊豆大岛的山裾漂浮于云霞之中，似梦若幻。又穿过一道山洞。

快到下田了，进入河内温泉区。这里有千人澡堂、露天澡堂等。旅馆分布于沿国道一侧平凡的村落之间，一闪而过。右边可以望见莲台寺。右首三四座小山之间，似乎有一座叫下田富士。

不久渡过桥进入下田。

车子停在下田汽车公司本部前面，这是一座豪华的西式大楼，有漂亮的车库。当时是三点十分。两个小时走了四十四公里。

我问有没有通往石廊崎的汽车，回答说那里不通汽车。再问有船吗，回答也许有吧。于是我前往码头，再向装卸工人打听。他们说这样的大风，恐怕危险。又问他们在哪里乘马车。因为没有认真问清楚，没有摸到路径，思忖再三，我还是回到了汽车公司。

到石廊崎观赏元旦日出的计划随即取消。石廊崎是伊豆突向南方海面的尖端。那里有大海和岩石激战的奇景。我想到那里看朝阳从海上升起，迎来一个明朗、清新和壮丽的元旦日的太阳。打从数年前起，我每每来到伊豆，总是巴望实现这一夙愿。

万般无奈之下，我打算乘坐四点钟的公交车前往下贺茂温泉。我呆呆站在候车室里等着，谁知南线的三路车已经满员。随后费了好大劲，才雇到一辆车，折返莲台寺温泉。挂家屋因满客而拒绝入住，我又被司机带往会津屋。司机一口咬定，这家旅馆反而比挂家屋服务周到。

我登上二楼就去泡澡，上来后就打听这里有没有美女屋和围棋所，回答说二者皆无。莲台寺位于田园之中，我很早以前就对这里的风景不感兴趣，心想，不如去柿崎的阿久波旅馆了。晚饭后，听到马车的笛声。我冒着疾风飞跑而去，乘铁道马车前往下田。下了马车，我走进下田市。河口岸上灯火点点，显出些许情调。信步走在街上，不由来到寂寥的野外，赶紧折回市区。我在路上胡乱兜圈子，一遍又一遍打从位于那条街上的《黑船》杂志社和下田俱乐部西餐馆门前经过。身子被风吹得东倒西歪，我走到一家带有下田风格的豪华饭馆附近，接着又到了海边。出乎意料，硕大的月亮经波涛洗涤，光明皎洁，确实是阴历十六的皓月。在这除夕夜，于寒风之中观赏海月，只能被人看作疯子，所以我又立即回到街上散步，买了一副价格便宜的毛织手套。价钱便宜的妓院很多，但都于我毫无用处。我乘铁道马车回莲台寺，待在屋子里，就感受到了南伊豆的温暖。读完了刊登在《文艺春秋》新年号上的十篇作品。

斜对面的房客从下田召来艺妓，有意欺负她，厌恶地问她道："你们这号人有何权利坐在布座垫上呢？"但那艺妓一旦坐在地板上，就直叫肚子疼。那位房客立即变得温和了，千言万语加以抚慰。看来肚子疼是谎话，她是为了报仇。

"我为你揉揉肚子好吗？"

"我是里头疼啊。"

"是肚子里头吗？"我听着他们说悄悄话。

一月一日

有人将我摇醒，是女侍。九点。饮屠苏，吃煮年糕杂烩。

从旅馆打电话打听驶往石廊崎的轮船。对方回答说，今天依然风高浪险，轮船不能出港。只好预定了开往南方的长途汽车。在等十点的铁道马车期间，我正要步行去瞻仰国宝大日如来，马车就来了。上了车，听车夫说，没有大船进港，说明生意不景气。昨晚是大年除夕，所以行人比较多些，但都只是到伊势町和横町，其他地方都油尽灯枯了。云云。

到达汽车公司。北边有座神社，妇人女子参拜如织。我亦是初诣[1]，在神前祈祷"文运长久"。仰观扁额，乃八幡宫也。两位姑娘拍手跪拜，额头触地。花街窑姐儿甚多。自神社一侧小学里，蜂拥走来一群参加完贺年仪式的町镇头面人物。距发车还有二十分钟。我依然在村中到处转悠。八年前停泊的旅馆，已经很难寻觅了。

十一时五十分，前往下贺茂。穿越两三座小型山洞。时时望见大海。风，今日依然强劲。趁着停车的当儿，我问了声"下贺茂在哪儿"，回说已经乘过站一公里多了，令我大吃一惊，赶快下车。由下田向西约有十多公里远。稍稍走进田野，

1　指除夕夜零时过后参拜寺社。

前方有温泉井，草围子中间升起蒙蒙热气。我想，这就是有名的"喷出汤"吧？据说喷出的热水高可达一丈。沿着强风劲吹的青野川下行。左侧有福田屋，再走六七百米，纪伊国屋的堂屋原是普通农家，因满员而拒绝入住。一位同样满目含愁的洋装绅士，拎着大皮箱，呆然站在风中。我入住一家名叫汤端屋的旅馆。风大，挡雨窗几乎也都关闭了。泉水白色，稍显浑浊。室内浴池太热，下不去。重新系好腰带，渡桥前往公共澡堂。旅馆老板娘吃惊地追跑过来，午饭请吃牛肉火锅和干烧鱼头，共计七十文钱。前往石廊崎需翻山走十多公里的险路。如此大风，无法步行。到头来，我也不再想去石廊崎了。

后来听闻，下贺茂刮风的日子很难过。田野中的低热风景也不美。旅馆粗劣，令人不想停宿。饭后，我立即外出去参观有名的温室。广阔固然广阔，但大都是康乃馨之类的石竹科花草。蓓蕾少许绽开来，田里有热水口，热水量多，河岸芦苇般的忍竹枝叶茂密，或许是下贺茂的特色吧？

走了一公里许，从街道边的马车旅馆乘上马车。

抵达下田，我又赶紧跑到汽车公司。四点钟开往海岸的班车正要出发。"您好！"司机向我打招呼，是昨日包租去莲台寺的那位司机。我立即上了车。车子上山，望见了下田全景。船上飘扬着太阳旗。这条山路通往下河津，山海的风景很美。很久未见海岸的紫色和桃红的晚霞了。到滨桥五十分钟。走上六七百米，达到谷津温泉。稍稍点缀着几家像样的旅馆。寻找到元旦的寝床，心里感到很踏实。石田屋、曲屋和中津屋，说明书上都标明是一流旅馆，但从外观上看，中津屋似乎好一些，所以我入住了中津屋。虽属简易房，但很舒适，好不容易放松了心情。对于我来说，无家可归和羁旅的情思深深浸透心灵，到了一个地方就像回到自己的家，几乎没有什么旅途的激动。因此，旅行的兴味半减，此次更加印在心里，甚感寂寥。

饭食还算满意。老板说好来下围棋，但等待喝完酒，实在麻烦。所以便去书场听讲故事。说的是车夫村田省吉的事情。一个半小时后回来。

进入浴池。五十岁的男人在池中饮酒。

"东京方面只要有十万分之一的客人来这里，谷津就会发展起来。可眼下，只有千万分之一，一年也不过来五十人左右。"

照他的意思，一年来谷津的可达到五千人。不久他又说：

"我是这家旅馆的老板。但是……"这时正巧一个女人来洗澡，他指着她说，"实际上她才是老板呢。总之，做旅馆生意，还是女人最兴盛。"

村里的人们都在吆喝着玩扑克牌，热闹非常。这家温泉场犹如老板所言，十分温暖，钻进被窝之后依旧感到燥热。夜间掀掉一床被子。

一月二日

八点前起床。开往汤野的汽车十一时五十八分出发，由汤野开往汤岛的汽车十四时二十五分出发。这样就没有足够时间去汤野了。虽然并不想去看汤野，但翻山来汤野的学生们都说福田家有一对姐妹美女，很想见一见。因此，我打算拜托旅馆老板雇辆马车前往汤野。旅馆老板娘一个劲儿劝说道，包车不划算，不如等汽车或干脆步行四公里。总之，我离开了旅馆，住宿费两元。这家旅馆有可爱的女孩子，白天很暖和，不用烤火炉。离大海很近，海水明丽。在南伊豆的温泉中，这里风景最美好。作为内伊豆的避寒胜地，谷津当数第一等。这里可以安心写作。我算计着，如果汤岛寒冷，今年冬天就到这里来过。西餐馆不吃香，都关门了。有一家妓馆。来宫神社、南禅寺、河津三郎馆舍的遗址，还有赖朝旅馆等，一概看不到了。

一辆马车驶过。送行的女侍为我办好了手续，于是我乘了上去。这是前往汤野参加葬礼的老婆子们的马车。汤野的福田家经过改建，十分漂亮，一改八年前的老面孔。撤去隔扇，门框上吊着电灯，二室兼用，荡漾着往昔茅草屋顶的梦影。旅馆老板还记得我，那位忠告我不可管女艺人吃饭、说那样太可惜了的老婆子，已经离开这个人世了。写入《伊豆的舞女》中的汤野，两三处地方有误。

不得不说，出来照顾我吃饭的姑娘是个美人儿。她肌肤丰丽，不是旅馆的姑娘，据说是从莲台寺来的女侍。看来不奇怪，在我记忆中，福田家不该有这般年岁的女儿。再说，同另一个小女孩也不可能是姊妹。一看破门道就没意思了。我决定乘坐十二点的汽车翻山越岭。

虽说才是一月二日，梅花已经开了。

"到了十二点就告诉我。"我本留下这句话的。但是等我被催促赶到车站时，已经是发车后的十二点二十五分钟了。在候车室又遇到去莲台寺的那位司机，已经第三次见面了。碰巧他空车前往三台修善寺，就让我上车了。二时许，抵达汤野。行程将近一百六十公里，不愧是汽车旅行。

桥爪惠君夫妇及其友人桑木夫妇，几乎和我一起到达汤本馆。夜间玩五子棋，打台球。提着灯笼上大街，遇见中条百合子氏，她正要去看村戏吧？问问值班的厨子，天城北口的茶馆、店铺果然都没有了。中风的老爷子也死了，老婆子住到修善寺附近的山顶上了。

汤岛山高谷深，风景清幽，伊豆温泉场再没有比这里更美的地方了。

一月三日

初雪霏霏。

大正十五年（1926）二月

一

进京日记

三月三十一日

　　旅馆老妈妈说，就像告别自己的亲儿子。我也像个少年，怀着一副离家进京的心情。我必须向朝夕照顾我的人们一一告别，若无其事地离开他们一年以上。月明的深夜，我一个人泡着温泉，倾听溪谷的水音，一个劲儿泪流不止。我想起前些时候溪谷里有河蛙鸣叫，想起去年的春天。

　　上午十点，我乘上开往修善寺的汽车。足立务君从旅馆前上来，说要跟车送到三岛。市山的停车场里有浅田老人的身影。高兴。同行到大仁。他是我的围棋对手之一，也是前天夜里出席欢送我的围棋饯行会的成员之一。他七十岁了，飘飘欲仙，乐而不怨。真是一尘不染的老人啊！要是五月里参拜善光寺，我约好陪他一道去。

我在大仁车站告别浅田老人，在三岛车站告别足立君。

在大矶车站，我发现一个女子跟在长相酷似仙石铁道大臣的老人身后走进候车室，不就是她吗？被我写进《南方之火》和《篝火》等篇章的女人。她从旁走过时，我仔细看了看。脖颈白嫩，手腕白嫩。往日，她抬手撩起头发时，红色的袖口露出铁黑色的胳膊。当时的悲伤，我还没有忘。希望她到了二十岁肤色会好起来的祝福，也没有忘。神祇可怜我的祈祷，如今她变白了。她身后跟着一位青年绅士，穿着颇为入时的漂亮西装，风貌温雅。他大约三十出头吧。她也是一身胭脂红的外套，内里趁着各色各样的装饰。她的爱好已朝着既贤惠又富有教养的良家女子过渡。两人身边氤氲着优渥生活的温馨。她似乎注意到了我，坐在候车室最后面的席位上。我屡屡回头张望，只能看到女人的前额。

从藤泽车站起，一同上车的有片冈铁兵和池谷信三郎两君。这又是奇遇。铁兵同我一样，都是去出席《文艺时代》作品评选会的途中。因为没有两个人的空位子，我便也弃席而立，站着同他聊天。这样一来，我就可以看到她胸脯以上的部位了。她闭着眼睛，涨红了脸，一副痛苦的样子。何以使她如此痛苦呢？我因而感到很悲哀。我既无恨亦无怨，单单为了想看看她的脸。阔别五年的邂逅，真不知何时才能再次见面，只是想看看罢了。你就不能露出一副美丽幸福的面孔，满怀明朗的心情，让我瞧一眼吗？她为何要显露如此苦恼的颜色呢？我为盘绕于她心中的感情的习俗而备感悲戚。

然而仅凭这一点，就能明白她待在一位好人身边，过着舒心的日子。这是多么可喜啊！好比将一枚璞玉交给磨玉师傅，打磨好了再交还给我。我的幻想很单纯。

铁兵、池谷二君对这类事一向不感兴趣，实在有趣。

在新桥车站告别池谷，我便和铁兵乘出租车赴四谷三河屋。第三次《文艺时代》作品评选会，一次少有的盛会。参加者有稻垣足穗、石滨金作、加宫贵一、中河与一、酒井真人、佐佐木茂索、岸田国士、南幸夫、菅忠雄、铃木彦次郎、福冈益雄以及伊藤永之介诸君。足穗君是初次见面，菊池宽氏也特别出席了。我对四月的来稿几乎未曾读过，前天夜里没睡好觉，再加上长途旅途的疲劳，头疼，鼻子少量流血。没有什么要说的话。只是针对岸田、石滨的发言，我为久野丰彦氏作了些辩白。

评选会之后，我同稻垣、石滨、加宫、福冈和伊藤诸君一起去三河屋餐厅喝咖啡。接着又和石滨、加宫步行到四谷盐町打台球，一直玩到将近十二点。谁也没有进一球，真是丢丑。

我同石滨一起乘出租车找旅馆。敲开麴町纪尾井町的旅馆大门。这是对温泉场一家不漏地搜寻的结果。很久没有泡在滚烫的温泉里了，但有点无济于事。石滨稍胖，而我一年待在山间温泉，吃鱼肝油，身子不肥胖。好像有什么饿鬼附在身上。石滨喝啤酒，我只吃烤紫菜。闲聊到三点。石滨钻进被窝，鼾声骤起，听起来有些刺耳，但想到众多朋友相继离别，最后只剩下我们两个。他为了我，特意陪我到旅馆住上一宿，真是一位好知己啊。

四月一日

被石滨的声音吵醒。他已吃过早饭，正在换西装。

"昨夜一直没合眼，昨夜一直没合眼。"他一个劲儿嘀咕。他在撒谎。文化学院的升学考试八点开始，他要去监考。我躺在被窝里和他告别，接着再睡。十点过后起床。

旅馆的朝阳映射着房间内部，室内的摆设很简陋。照顾进餐的女侍净说旅馆的坏话。房客太少，领班带着一位女侍，二人一同逃跑了，目前只有两三个人，她最近也想逃走，云云。这种事儿，她竟然能毫不在意地说出口，真是有趣。她还说起，馆内住着朝鲜人；邻居大户人家里被赶走的养子，因杀害妻子而变得有名了。

饭后，为在汤岛受到的照顾，我写了五六封感谢信，随后离开了旅馆。到达白木屋店，购买了枕头和睡衣，到竹叶分店吃了午饭，乘出租车去新桥车站，领取临时寄存的篮子和包裹。再转回东京站，领取塞满旧杂志的汽水箱。行李沉重，司机哭丧着面孔。遥遥驶往麻布。途中，陌生的土丘旁矗立起古城牢狱般的土黄色洋楼。一看，飘扬着 JOAK[1] 的旗子。司机擦着汗水，为我寻找位于宫村町可租赁的房子。

同房东夫妇打招呼致意。房东是俳句诗人。我租借的房子是"四叠半"[2]，二月里租出后，没来看房，一直闲置至今。房东担心房子的情况以

1　1925 年成立的东京广播电台的缩写，翌年改组为日本广播协会（NHK）。

2　指四张半榻榻米大小的日式房间。

及共同居住的人。其实，不管在哪里，也不管和谁住在一起，都没关系。我对住宿和同居人没有好恶之别，即使与幽灵同居或者身处地狱，我也能泰然处之。这就是我平常的觉悟。可以随时离去，随时告别，这就是我唯一的条件。天涯孤客，心怀自由。抑或此乃不欲有家室妻子之所以也。

立即进大众浴池。行李未收拾妥当，即行离去。走在银座街头，发现有"东踊红提灯"[1]演出。今日是春的初日，我忽然想观赏舞蹈，遂拐入后街。奇怪的是，新桥演舞场不见了，到处寻觅不着。急忙朝一座黄色洋楼奔去，原来是第一百一十五银行，遂哑然。真是个乡巴佬啊！渐渐找到了，立即入场，舞台上五彩缤纷，正在表演元禄赏花舞。我被领进入口最前边的正面，我的前面和两侧都无别的观众，仿佛同舞台上的艺妓对坐，羞愧而茫然。猛然回望背后，尽是意气风发之众。歌、舞、三味线交混难分。总之，心情驰荡，随之茫

---

1 东踊，东京新桥花街艺妓仿照京都的"都踊"举办的舞会，大正十四年（1925）首演，至今每年春天举行一次。

茫若在梦境，物色舞台上的艺妓。接着跳《青海波》舞。演员当数照子和鲵丸，两人中不知谁是谁，掌心和手指殊美。慑于其玉指纤腕，我虽甚疲惫，亦不觉珠泪涟涟。休息。接着是《天下祭艳姿新桥》，两场。由此看到一百个新桥艺妓，但貌美者只限两三人。《天下祭艳姿新桥》中，一位跳手古舞[1]的年轻女子我以为颇佳。但因装扮，手里未提写有姓名的灯笼，故不知为阿谁也。纵使于日记中写下情书，亦无计可施。

走出演舞场，已是掌灯时分。再去"竹叶"吃鳗鱼。打算只靠吃鳗鱼恢复体力。在银座见到今东光夫妇和吉村二郎，我随即高兴地大叫一声，拍一拍东光的肩膀。一年多没见了。合上烫金书本，说了一会儿话。乘"圆太郎马车"回浅草藏前之家，同老板下围棋，直到天明五时。

钻进被窝后，因疲劳反而睡不着觉。听到黎

1　手古舞，祭礼中女扮男装在神舆或彩车前开道所跳的舞蹈。舞者通常头梳男髻，着艳衣，背花笠，左执铁仗，边唱运木号子边跳舞前行。

明电车的轰鸣，归心似箭，巴望早些回到伊豆山汤之中。尽管昨日到今日，仅仅一天之隔。

四月二日

一大早被孩子的声音吵醒，上午也不打算浅睡了。入浴。去文艺春秋社。途中于大冢打电报给叶山的横光利一，告诉明日往访。菊池氏正在写小说，他让《妇女界》的使者等一等，要是来不及就立即叫他回去。他和我相约，等六月渔猎禁令解除之后，一道去汤岛钓小香鱼。

去金星堂。偶然同石滨相遇。随之同饭田丰二君三人打台球，直到傍晚。饭田君走后，同伊藤永之介君三人在"今文"吃晚餐。去银座。于"不二屋"饮茶时，一位女史进来。这又是奇遇。她说朋友将离目白归故乡，惜别前陪他逛逛银座。出"不二屋"，即又遇见东光令弟文武君夫妇以及池田虎雄君三人。此亦堪称奇遇。池田君是向陵[1]宿舍时代和我同住两年的室友。如今居京都。我被介绍给文武君的妻子，站在街上初次对话。东光的父母及令弟日出海君，我在汤岛会见过。告别三人去新桥，看到前方一人甩着两手飘飘然走来，原来是片冈铁兵，据说刚从"演艺电影"的影评漫谈会上回来。随之又到一家味道上好的咖啡馆小憩。

将近十二点回来，接横光电报。他想同我商谈电影的事，要我务必去一趟。我俩的电报走交叉了。他是从汤岛的旅馆打来的。还说，捕香鱼的季节务必见面，香鱼也一定会等着我们的，云云。

昏昏然钻进租来的被褥，上京以来第一次睡个好觉。

1　旧制第一高等学校的别名，因位于东京文京区向丘而得名。

四月三日

十时醒来,风雨激荡。同石滨相约乘十一点的火车前往叶山。但因这场雨而推迟了,继续安心睡觉。十二时醒来,风稍弱,而雨照旧。抬头望天,很想去见横光,遂决意出发。借伞出行,在麻布十号街买木屐一双。

来到住在叶山森户海岸的横光家,衣笠贞之助正在那里。他说他想制作一部非营利性的纯艺术电影,邀请我们加盟。横光患感冒不能去东京,于是,衣笠氏在叶山住两三天等待我们。他说也有必要见见铁兵和岸田国士君。我们三个决定立即返回东京,给铁兵打加急电报。我们草草问候一下横光卧病的妻子,随即离开了横光家。

赶到神乐坂下宿,才得知铁兵已经去向不明一个月了。我们大失所望。从田园屋打电话问高田保氏,他也不知道。衣笠氏跑到菅忠雄家打听,对方回答也许在池谷信三郎的下宿了。他抖擞精神,坐出租车赶往神田西红梅町,池谷君不在,也未发现铁兵来过的迹象。实在走投无路了。

无奈之余，到"帕里斯"咖啡馆吃晚饭。已经没有回叶山的火车了。我们决定三人同宿，好好研究一下侦探术，明日务必抓捕铁兵。于是，乘深夜出租车前往"芳千阁"旅馆。只开一个房间。一张双人床，另加一张床。女侍认错人了，冲着衣笠氏直喊"川端先生，川端先生"。横光和衣笠氏下围棋，衣笠氏两次取胜。我给衣笠氏各让六格和八格，两次皆取胜。

横光和我同床。虽说双人床，睡两个男人也嫌窄。他把被子大部分裹在自己身上，只顾自己呼呼大睡，一股股鼻息直朝我脸上吹来。我冻得睡不着。

大正十五年（1926）五月

一

温泉女景色

东京会馆的婚礼上，吃过冷食后，客人们都回到休息室，犹如乘坐刚举办完下水仪式的花枝招展的轮船上，飘摇于醺醺欲醉的氛围之中。这时候，退回更衣室的新娘清洗头发。美容师将头发电烫后吹干，重新结成发辫。接下来是新婚旅行。他[1]轻轻拍了拍新郎的肩膀，自己的脸先红了。

"你还是想去伊豆温泉，对吗？"

"是的，从热海经伊东，然后去山间温泉。"

"那样的话，不是过得太平常了吗？寻个更清凉的地方嘛。"

1　此处的"他"无实指，盖为作者虚构或作者本人。下同。

他一时嗫嚅了。适合于新婚夫妇旅行的清凉之处在哪里？莫非他想对新娘新郎说，就到龙宫或月宫去，变成个水晶人吗？

"乘欧洲航线的轮船到下关，或者去信州的山里过露营生活——这样的蜜月之旅，不是更能留下新鲜印象吗？"

新郎只是笑。比起新媳妇，还有什么能够给他留下更新鲜的印象呢？——所以，新郎或许要这么说：

"这一夜赤裸裸留给我新鲜印象的，不就是清净的新娘吗？"

开往热海的末班火车是七点，这对新婚夫妇从国府津乘汽车沿十七英里长的海岸线行驶。车子从蝙蝠翅膀般展开的黑色森林的出口，突然来个急转弯，仿佛即将跳入月明之海的当儿，新娘紧挨着丈夫。

"其实也未必不会跳入大海。据说司机每到黄昏或月夜容易产生幻觉，尤其是载有漂亮女客的时候车祸最多。"

"啊。"丈夫初次挽起新娘子，他感觉到媳妇的肩膀在颤抖。遥远的海岸线，渔火点点，月影迷离。

○

住在深山温泉里的恋人们，是最寂寞不过的了。再也没有比温泉之恋更痛苦的了。女子才十四五岁，勒着黄色的兵儿带。住宿登记簿上写着"妹妹"。一去铺床，男人便说：

"铺一张床就行了。"女侍到有客人的房间里转悠了一遍。那少女胆小得像巢中小鸟，不肯离开房间一步。他夜间两点过后去洗澡，只见那对恋人掩人耳目偷偷沐浴。少女从汤槽边缘扬起身子倒下，两肘支地，伸展的两腿一开一合，不断踢踏着热水。一看到闯入者，她立即折起身子，用两腕抱紧乳房。她始终俯伏着身子，坐在汤槽边缘上，不肯扬起脸来，直到他离开浴场。他一不在，少女就立即发出稚气的声音喊道：

"我给您搓背。"

他有些气闷，走到河滩上。少女的肩膀、乳房，还有——仅仅十天里，她那细弱的身子变健康了，像一棵小树般茁壮生长。或许是青春期的烦恼膨胀的缘故吧？——一想起这可怕的变化，他很想告诉她：那就不要跟新郎一起到温泉去。

从河滩望去，只有少女的房间一到八点会挂起雪白的蚊帐。每天晚上，浴客们手持团扇集中于河滩的凉亭里，唯独不见他们俩的姿影。姑娘们拿来好多西洋点心，包着漂亮的色纸，像一个个玩具。还拿来各种各样的烟花。

"这是你们感情的标本吗？"难免会有人说出这种话来。

姑娘们对着飞越溪谷的流萤发射焰火炮弹。

"也让我开一炮吧。"心情轻松的画家瞅着楼上的窗户打出一发后，不知为何，火球飞入那对恋人的房间，白蚊帐是否烧着了呢？河滩上的人们呼喊着胡乱涌入少女的房间。少女吊起惺忪的睡眼，以便展开裙裾，一边围绕燃烧的白蚊帐无目的地奔跑。

一日早晨，这对恋人的踪影从旅馆里消失了。

当时买烟花来的一位少女，如今已经去蜜月旅行了。当时，这位堂妹比起那位被烧着蚊帐的少女年龄大一岁，不也是清纯的裸体吗？她也和那些来温泉的姑娘一样，当初每次都来窥探浴池。

"还是不行，里边有男人。"

她们白白折返回去，过了四五天，就不再害怕混浴了，而他却想将她从男人们的眼皮底下掩藏起来。

如今，她旅行的第一夜是热海山腹上的万平旅馆。馆内每个房间都有浴池引进温泉水来。

其中，不知到了哪一天，她也会招呼新婚丈夫：

"不进来吗？泉水很好呀。"

在这之前，他想先叫她到月宫化作一块水晶化石。

○

温泉不管在哪里，都连带着海洋、山川。村里的孩子到水流湍急的溪谷里游泳、打水仗，玩累了都蹲踞到对岸的岩石间休息。

"为何都到岩石里去呢？"

"那里有热水。到了冬天，候鸟经常飞临那里。我们想捕鸟，到那儿一看，发现有热水涌出来。那是'小鸟之汤'啊。"这就是孩子们的回答。

在汤瀑涤发的她——于激流中雕凿了一只象形的岩石。这就是从竹筒里流下热水的汤瀑。因为要到溪谷里游泳，她从东京带来了人家送她的泳装。她穿着泳装洗涤头发，随手用细绳扎起来，渡过激流走向"小鸟之汤"。眼前青草丛生，冬天，山坡便成为美丽的滑雪场。穿过那片青草和杂木林，顶头碰到一位背着帆布包的青年。

"请问……"

"啊？"她吃了一惊，对自己异样的表现感到有些难为情，再也掩饰不住泳装下胸脯的急剧起伏。

"到温泉旅馆怎么走？我翻山而来，想抄近道，结果迷路了。"

"这条河对岸就是。你是渡河还是绕道？"

"你呢？"

"我？——我这打扮，怎好在路上走呢？"

"那我也渡河吧。"

她的两腿承受着河水巨大的冲击力，随即抓住青年的手杖。

"你是来采集高山植物的吗？"

"不，我只是在山间到处乱跑来着。"

"可我闻到了你身上高山植物的香气，还有高山泥土和岩石的气息。"

"这么说来，你身上也有温泉的香气呢。一周以来，我尽是在岩峰上爬来爬去，身子疲惫不堪，一心想着温泉的气息，就像怀念母亲身上的气息。"

高山植物和岩石的气息——单凭这一点，她和这位登山青年摇晃于同一驾马车之中，走下这座有着温泉的高原。

"扯掉布幔吧。"她大大敞开马车车窗，面对群山的雄姿。青年吹着响亮的口哨——人说幸福就在山对面——必定又是这首歌。她微笑了。

"我几乎总唱这首歌。"

○

没有比待在温泉旅馆听女人侃自家身世更愚蠢的了。大凡在商贾之家做工的女孩子，总有一两出家庭或恋爱方面的悲剧。然而，住下一个多月都没有开一句玩笑，但那也不见得就听不到这样一句尖锐的讽刺："女人就是专为铺床叠被的呀。"

总之，还怕她们会一样的"老练"，这是这个世界最大的罪恶，是自己家中少女们难以想象的事。女人离家出外做活儿，其实只能是对"老练"作一场艰苦的战斗。

曾经有个号称在东京医专读书的女子来到山

间温泉，颇为骄傲地吹嘘说，自己一生有一千个恋人。她简直就像车站的检票机，但凡来温泉的男人，都要一个不剩地挨她一剪子才肯放过你。

"那位千人恋者正在河滩上呢，快去看吧。"旅馆女佣慌慌张张跑到公共浴池来告诉大家。村里的青年登上后山，对着河滩上幽会的女子，下雨般地投去石子儿。女子逃跑时，腿脚夹进岩石缝里，骨折了。尽管如此，那女佣也丝毫不可怜她。

这小姑娘十一岁时死了妈妈，刚生下来的幼儿，只得靠己一手抚养成人。她搜集旅馆的香烟头送给父亲，在家中细心照料卧病的父亲。他每逢早晨四点左右下浴池，就看见她从热水里裸露出上半身睡着了。

"那个小商人又跑到这里来了。看来，他在这里要待上一个早晨吧？"说罢，他用两根手指撑开眼皮望着她，脸上露出欢快的微笑。

小商人每月末都要到各个村子转圈子索要货款。他一喝醉酒就往女佣宿舍里闯，十多年来都是如此。女佣们想尽各种办法保护自己的床铺，比如在被窝里放置玩偶，藏入荆棘，冬天投进冰袋等等。她们将走廊的大门上了锁，小商人就从后窗爬进去。即便屋里住着老板娘，他毫不知情地钻进去，翌日早晨，就那么搔着脑袋不了了之。他每个月闯进来，就像玩游戏一般。不知不觉，女人们都麻痹了神经。碰到她们的头脑尚未迟钝，他就只好在浴场里困上一觉。

然而，如此守卫自己身子的小姑娘就像夏天的候鸟——说起候鸟，倒满有诗情。她看到夏季里温泉旅馆很忙，就被不知打哪里溜来的野狗般的年轻男子撺走，逃离了温泉旅馆。秋天，她不知打哪里给他写信说：

"呵，多么令人怀念的山里温泉啊！我可悲的漂泊之旅，昨日东，今日西……"

这无疑是她待在温泉旅馆时，在故事杂志上熟读了的美文。来山间后听传闻，她被男人拐来拐去，最后卖身了。这可完全是传闻。

有着一千个恋人的女子是娼妓。而且，向她

投石子的小姑娘也是娼妓。她们仅有的差别就是，一个生来不后悔的女子和一个边后悔边活着的女子。但是现在想来，这位小姑娘和"不下水"的艰苦战斗又有什么作用呢？

不同于都市温泉有男汤和女汤之分，这里代之而来的是脂粉香气，宛若在走廊下扔下一件和服长汗衫。还有，一到旅馆就会觉得被逼着交小费。然而，那种有着现代娱乐场等新鲜设施的温泉街哪儿去找？净是些位于城郊的鸳鸯旅馆罢了。漂泊中的江湖艺人的巡回演出年年减少，古典的情趣渐渐澌灭。

搭弓、射箭、打台球、下围棋，东京儿童公园等游乐园、温泉豆、温泉煎饼、温泉染织等名产——全是这些东西。仅有保持现代名称的温泉浴池等处，同往昔的千人澡堂不变，旅馆的设备也和城市饭店相同。假使没有时髦的娱乐设施，住客，尤其是女客将会感到寂寞无聊。虽说仅仅包裹在一身浴衣和泉水馨香中的住客们将整个旅馆当作社交场合，在那里时时掀起 romance[1] 的狂潮，但我们不能不惊讶于日本温泉业界的缺乏智慧。温泉镇健康的季节集中于学校休假时，学生们似乎长着翅膀飞来这里。除此之外的季节，即为病态的 romance。

　　长时待在温泉旅馆，看着一辆接一辆送走新浴客的马车，有一种被遗留下来的寂寥感，就像没有孩子的妇女一般寂寞难耐。在被称为"生孩子的温泉场"——一年到头女客众多的温泉，心情烦乱的女人只想着当母亲，疯狂的温泉街充满不绝的罗曼蒂克。

昭和三年（1928）八月

1　英文，意为"风流韵事，爱情故事，罗曼史"。

一

逗子 · 镰仓

一　沙女

海风吹入君体内，今夜抱奴倍清凉。

——吉井勇

女人们的眼睛同明亮的大海战斗，眼睑的纹路渐渐严峻起来了。

不健康的，只是那些在沙地上穿浴衣的女子。

一身盛装在海滨散步的情侣，是落满尘埃的纸花。

习惯于日式跪坐的女人，自膝盖内里到大腿的淡薄而污秽的色情，经大海三天就淘洗尽净了。

对天撅起丰满的臀部，心性漫然，半是头手倒立，迈着蛙步走在沙地上的女子，那是到海滨旅馆舞厅参加舞会的姑娘。

乘上机帆船，从海面上放眼眺望吧。人类为何在狭窄如带的水线中变成一把芥子，谨小慎微地听从大海的摆布呢？

大海将青年人的心灵染成游泳衣一般红、黄、蓝的颜色，使之变得单纯起来。

由比滨海岸细碎的波浪装点成一片风暴的棉田。

泳装展示会般的海滩沙地，如孩子们游泳的河川似的流动着的稻濑川之畔，"圣经之会"的临海传教，于毫无礼仪的裸体男女间散发沾满沙土的路加福音。

旁侧的人群中，裸体的雕刻家们正在制作夸示第二性征的丑陋的沙女。

这尊躺卧的沙女比海滨上的所有女人都更富性感。

白天的海水浴场，我不相信罗曼式的病态。

夏天里，听说数百名不良少男少女进入逗子和镰仓，那么这明朗的半裸体，将意味着什么呢？

二　告别夏天

"The Last Dance of Summer."

八月三十一日，海滨旅馆化装舞会。客厅内，少女在翻译广告词。

"夏季最后的舞会。"

"告别夏天的舞会。"

"留住夏天脚步的舞会。"

"夏天再见，跳舞送别。"

一旁站着法国人和他的女儿。

"日本姑娘究竟有多少条腰带？"

"这个嘛，就像您的领带一样多。"

"噢，领带可并不浪漫，日本女子因为系腰带所以很漂亮。要是为浪漫而系，那将更加漂亮。"

"是的。"

"小姐身上的巴黎化妆品和东洋传说相交混在一起，很使我伤悲。据说伊丽丝所穿的彩虹衣裳就像你的腰带。米茄·伊藤的舞蹈好似她的腰带，描绘出银丝的梦境呢。"

"米茄·伊藤？啊，你是指那位在美国浑身涂满银粉跳舞的日本人吗？"

旅馆里有七八个侍者，都在胸前抱着小小纸气球走来。化妆的西洋人相互抢过气球投向舞场。——我们日本国民没有一人化妆。

正如为国外航线的轮船送行的码头一般，走廊和阶梯扶手，客厅桌椅边，舞厅地板上，狂舞着的人们的肩膀，一段段彩带犹如经风吹破的蜘蛛网随处粘粘挂挂。

电灯全部熄灭了。追光灯红色或蓝色的光斑在天花板和地面上回旋，只映照出舞女们的衣裳。

停泊横滨港的"总统某某号"轮船上，美国

人跟着爵士乐用旁若无人的甜润嗓音合唱。

　　白色的皮鞋浸满草地的露水。舞厅的窗户犹如窥视镜一般闪动。狂舞的人们看上去犹如纸糊的一般。

　　月光透过松叶间隙洒在沙地上，少女们展开雪白的长裙，擦亮火柴寻找秋虫。她们一边捉虫，一边又被舞场的喧闹声所捕捉。她们宛若刚刚蜕皮的蝶蛹一般易感。风儿扇动着她们的裙裾。

　　"二百一十日[1]就要到啦。"

　　一个少女如白鹭一样跳进松林。

　　"知道吗？知道吗？我也会跳了。——据说游泳游得漂亮的姑娘，舞也一定跳得很漂亮。"

　　说着，她就胡乱抓住秋千索，嗖嗖嗖地荡出一道道白光来。

　　她感到，今晚上不跳舞，这一生就别想跳舞了。今年夏天不在这片海滨谈恋爱，这一生就别

1　二百一十日，自立春算起的第 210 日，约为 9 月 1 日前后，农民这段时期需要防备频发的台风灾害。

想谈恋爱了。避暑地的夏天终结了。——正像各类通俗小说常用的手法，这最适合于罗曼式的序幕。

第二幕，东京一家咖啡馆，家庭式的客厅，音乐会，国营电车站，再次相逢时。

三　跳板

她站在跳板之上，双脚并拢，膝盖稍稍突起，两手轻轻向后下垂，站在跳台边上。

按照此种姿势静静向前倾倒。

即将落下的瞬间，她的脚尖用力蹬一下跳台，猝然跃起身子。

她像反身飞翔于波上的燕子，凛然前进。高扬的头颅，面颊、胸脯、腹胁、双腿和脚指，如同弓弩一般充满张力。

女体曲线引起新的惊异，多么像一只漂亮的鸟儿啊！

展开的两手是飞鱼的双翅。直到足尖紧绷的双腿是紫燕的剪尾。

乳房的棱线消泯于紧绷的弓形中，取而代之的是反转于背上的双肩与鼓胀的腰肢，紧抱着丰满而浑圆的凹陷。

腾空时的姿势犹如短暂的幻影——弓弩一旦拉直，她便将两肘紧紧夹住头颅，双手伸直，拇指轻轻并拢。

这时，她像一杆投枪，刀尖骤然搅起一丛水花。

海面银白眩目，使得小型机帆船张开的瘦帆看上去犹如站立的黑色水怪。

她的泳裙早已被日日的咸水所紧缩，紧紧包裹着栗子般的腰肢。

她脱下泳装换上浴衣时，变成一个令人吃惊的成熟少女，也丝毫不足怪。

跳台，接着是机帆船疾驶的海岸线——其他，还在町镇的照相馆里看见过她的姿影。

照相馆的店堂是和旅馆舞场、镰仓网球赛、小学包场的音乐会馆和电影馆等地相似的町镇社交场所。她们美丽的身姿经由业余摄影家的镜头，一起集中到照相馆来了。

"这位小姐住在哪栋别墅？是个怎样的人？"就像等待人们闻讯一样，照相馆一心为洗印照片而奔忙不息。

四　沙子和船舶

逗子旅馆的床帐是小小四方形，很平凡。

然而，镰仓海岸旅馆的蚊帐从天花板垂下，犹如撒网，能一气吞没两张大床。她们就像被白色的网捕捉到的两只昆虫，感到十分寂寥。

夏天的腰带解在沙滩上，无依无靠之身细又长。

——吉井勇

不忘矶山沙温润，无名小草连根拔。

——前田夕暮

眼泪顺着双颊流，难忘赠我一捧沙。

——石川啄木

你跌落于沙子里，就像倒在红玫瑰花丛。

——吉井勇

蓦然跑下山丘跳进大海，你从我的手里
逃走了。

——吉井勇

月亮似流木漂过鸣鹤崎海口。小岛上腾起年
轻女子爽朗的笑声。火花向海里描画出垂柳的影
像。那女子被海藻缠住双脚，倒在地上。

他甩掉浴衣，笑得晃动着上身，从浅海中高
高抬起膝盖，跨过月影而行。她塌腰回过头来，
挥动着右手。

他追逐她来到漂浮的机帆船边，拍拍她的肩膀。她蓦地埋下头，两手抓住船舷。

帆船大幅度地摇摆着，她的双腿如白色海蛇一般，趁势摇晃着、漂流着，被吸附于舱底。

他从船上伸展手臂，将两膝如美人鱼尾般并拢的她抱起来。

她从水淋淋的头上拔下发卡，——两肘抱成雪白的半圆。

泳衣的痕迹在胸前描绘出一个半圆。

她坐在卷起的船帆上，双腿穿过白色的圆环。

隐伏于泳衣上的白线，在夏日的海滩，就是最美的秘密花朵。

湿漉漉的香发飘散于肩头，为怀中的月亮布置夜空。

帆布抵在他背脊上，很疼。

船缆拖起铁锚，使得船头左右摇晃。

她用被他紧抱的肩头，一边磨蹭着他的腹胁，一边将身子沉下舱底。

海水濡湿了她的头发，宛若感情的热流浸染着他的双膝。

她的手指轻轻叩击他那丰韵而滑腻的喉头线。

他倒在舱底。船使得月光剧烈地晃动起来。

他放下压舱板，手掌沾满铁锈，她品味着钢铁的气息，哭泣了。

小岛的满潮浸湿了脱掉的两件衣服。

昭和四年（1929）七月

一

新东京名胜

一　浅草

　　鸽群带着湿漉漉的翅膀飞来，在火焰包裹的御堂的屋顶降下雨来。——大地震时，浅草观音没有被焚毁，可以说完全是个奇迹。浅草对岸的被服厂当时死了好几万人。与此相反，浅草寺有十万人得救。一月收到的香火钱达一万五六千元之多。捐助修葺大雄宝殿屋瓦的人数有十二万之多。这一点都不奇怪。

　　第一，观音堂正面自古设有著名的香火钱箱，长一丈六尺三寸五分，宽一丈四寸六分，高二尺三寸。欲望实在很大。

　　不过，浅草寺自然也不是一点未遭地震破坏。

二十四子院和十一堂舍被火烧掉。光是观音堂修缮就耗费了八十一万三千余元，花了三四年时间。因此，观音堂葺上了白铁皮屋顶，工事进行期间还迎来了华丽的复兴节。

但是在东京，作为"大众游乐场"的浅草，娱乐设施和商店街最早获得复兴。例如，那条商店街什么的，大正十四年（1925）十一月基本设施就落成了。——那么，浅草的新名胜是什么呢？

"地震毁掉了十二层塔，代之建造了地铁大楼。"人人都说。

地铁大楼只有六层，相当于十二层塔的一半。从楼顶的尖塔可以望见富士山和筑波山，是浅草唯一的展望台。高四十米，也是浅草唯一安装电梯的建筑。这里很像大阪郊外的电车站，五层楼以下都是地铁直接经营的餐馆。

此外，浅草还有三十二三家小型娱乐场，如帝国馆、富士馆、万成座等。松竹的帝国馆同日活的富士馆为邻，举行首映式时竞争相当激烈，其壮观场面在别处是看不到的。[1] 例如，今年新年时阪东妻三郎和大河内传次郎的对立，如今又是铃木传明的《进军》和藤原义江的有声电影《故乡》这两大作品互相争夺观众。等待八点优惠票的群众队伍足有一百米长，两家电影馆都一样。双方定员为一千三四百名，但礼拜天可以达到两千人，是东京最大的电影院。

万成座是表演通俗歌舞的小型剧场。最近新建成的中国风或龙宫城风格的馆舍是浅草六区唯一一座古风建筑。一汪葫芦池水映照出东洋风情，因为古色古香，反而成为一道崭新的风景。

今年新年的三日，据说有三十五六万元的巨资花销在浅草的娱乐业上。市场很繁荣，简直不知道什么叫不景气。但三十二三座小屋之中，除电影院外，真正像样的建筑只有万成座。除电影院之外，也只有这里是两层客席的小屋。娱乐街真正的复兴，还不知道要等到何时呢。

1 松竹与日活均为日本老牌电影公司。

此外，浅草的新名胜，或许还可以算上钢筋混凝土的寺庙、时髦的鸽子舍以及陆续出现的简易餐馆。还有比银座更加明亮的铃兰灯商店街、新杂货街。不，浅草之新，不在于建筑和风景，而在于人。正是因为人，浅草才永远是新的，永远是新时代的商业区。

二　隅田公园和地震纪念堂

隅田公园是复兴局的骄傲。庭园协会会长本多静六博士说：

"那里的河水多么宽阔而清洁，站在堤上，透过关东平原，一眼可以望见秩父、日光和筑波等山峦，令人心旷神怡。因此，等樱花树长大，公园初具规模，那时就会凭借宽广而优美的风景成为日本首屈一指的公园。不，不仅在日本，还会成为世界一流的公园。河滨公园当数华盛顿的波托马克河、伦敦的泰晤士河、巴黎的塞纳河、布达佩斯的多瑙河和新开辟的慕尼黑的伊萨尔河。这些都是沿着河岸建立的公园。从水量、河流清洁等各方面考虑，可以说隅田公园的风景不亚于以上任何一座公园。隅田公园的樱花将来必然像富士山和日光一样闻名于世界。"

然而，隅田川的河水一点也不清澈。阳光照射下来，水色发黄，没有阳光的地方，水色混浊如泥。同大阪的新淀川无法相比。很难遇上一个能望见远山的晴明日子。樱花还是幼苗，不知到何年何月，树下才能形成繁花蔽径的通道。问题是目前只有旧向岛堤岸一侧栽种了樱树。

我说："当时沿赛艇的河面这一路线，安设了许多观众席。不过，冬天里寒风劲吹。一言以蔽之，东京人还没有时髦到沿柏油路河岸散步的兴趣。"

或许这地方不会像大阪中洲公园那般兴旺，不过，我当然也并非没有感受到隅田公园之美。

"比起中洲公园，这里更加现代化。这是直线之美。就像画在白纸上的草图，未经装饰，看来很洁净。是美丽的 H。"

就是说，向岛堤和浅草河岸两根直线正中间连结着言问桥。从人流旋涡中的浅草向河岸跨出一步，便觉得天广地阔，处处体会到关东平原的浩瀚无边。从向岛一侧望去，浅草的观音堂、五重塔还有地铁塔，显得一派肃穆。尽管河水浑浊，这里却是现代东京的清洁之所。

公园里贴着"禁止滑旱冰"的告示。孩子们在举行自行车比赛。公园的工程车满载着儿童奔跑。来到这座柏油铺设的游乐场，不论谁都想跑上一跑。

听说向岛八百松饭馆的老板领了二十万元退休金告老还乡了。卖长命寺樱糕和言问团子等向岛特产的商店已经改建成了小银行一般的洋房。向岛往昔的面影亦很难寻觅，但拍电影的班子却争先恐后，进进出出。

从隅田公园和言问桥望过去，河下游不远处的地震纪念堂简直是一幢傻瓜建筑。总工程费花了六十万元。整体呈神佛混淆的庙宇式样，正面的房顶是中国式三角形，本堂是人字形，后面是三重塔，全部都是钢筋混凝土建筑。屋脊用铜葺，外面敷以赤红色人造大理石——由此可见，建造者力图将古代的寺院建筑和现代建筑聚合在一体。我所说的东京出现一座钢筋混凝土古寺，指的就是那地方。

脚手架尚未拆除，没有涂装，赤红的墙壁尚未着色。在我看来，既沉闷且丑陋。丝毫感受不到和谐的气息。

"再也造不出一处好的纯日本式建筑了吗？"

"这是如今胡乱引进的美国式建筑在东京的再现。西洋人的东方趣味、殖民地风景——不外乎就是这样。再过十年，人们也许会看惯这座丑陋建筑，说不定能变得漂亮起来呢。"

从大河这边仅仅遥望一下塔的上部，还说得过去。不过，我还是认为河岸上的同爱病院修建得很美。

三　隅田川的桥

我在浅草水族馆见到一位京都学者，对他说：

"我陪伴京都的朋友游逛新东京，乘坐一元钱小汽轮看完桥之后，再来看这里。"

"大凡桥，还是从船上看最美好。从水面看桥内部的钢骨支架，能够领会科学的计算、力的结构等机器文明的现代感。"不用我说，在这春和景明之日，隅田川的公共汽轮上挤满了观桥的游客。

"清洲、言问、永代桥，皆为东京名胜桥。"这是今春流行曲《复兴小调》中的句子。如果说复兴的东京有值得夸耀的东西，不论谁都会首先举出桥来。

"最近，光风会的展览会上展出了东京复兴的代表物品。一间展室中的六十幅绘画中有三十幅画的是桥，这使我深感惊讶。看来，美术家都把眼睛集中在桥上了。"我对京都的友人说。

"还有啊，隅田川上的六座大桥是花了一千万元特别建造的，造型美观。在新建的三大公园中，隅田和滨町都是河滨公园。建设这种水陆结合的新名胜，可以算作复兴局的一大功劳。于是，东京市民重新想起了水。江户时期有好多处水的名胜。但长期以来，东京竟然忘却了水。如今，水又以崭新的姿态复活了。"

有两家轮船公司经营游览桥梁业务。上游从浅草的吾妻桥到千住大桥，下游依然从吾妻桥到永代桥。如今船钱虽然五元，但仍旧称作"一元汽轮"，可见人们多么留恋过去砰砰喷气的小轮船啊。这种船不太适合现代建筑的大桥，反而显得愈加风流。船尾的甲板上设有长凳。在这驶往河下游的船上，可以游览驹形桥、厩桥、藏前桥、清洲桥和永代桥。这五座桥加上上游的言问桥，便是隅田川上的六座大桥——其中的代表当是言问桥和清洲桥。

"清洲桥是东京诸桥中的美人。"人们都说。

清洲桥假如是女子，那么言问桥就是男子。

如果说清洲桥富于曲线美，那么言问桥则富有直线美。言问桥同两岸的隅田公园十分协调，是单纯、有力而又宽松的散步场所。

就像言问桥和隅田公园一样，每座桥都以河岸为背景，愈加显得美丽。例如，藏前桥东岸有东京同爱纪念病院、本所公会堂、安田庭园，但西岸的卷烟厂被大桥一分为二。污秽的厂房里，穿着脏污工作服的女工出出进进。这情景从河面上都能看到。还有浅草青灰色的水泥工厂，真不知使得清洲桥变得有多美丽啊！

"天空的云霞，看起来犹如蓦然飘来一缕黑发。"

正像泉镜花氏所说，拂拂微风之中垂挂着一串东西，那就是清洲桥，因为有了水泥厂和河心洲，更加带有现代风格了。再说永代桥，以石川岛造船厂和河岸仓库为背景，具有西洋工业都市的风景。清洲桥有很多白鸥。永代桥已经像河口一般，聚集着众多的船舶。

这些大桥如今都精心打扮，等待复兴节的行

幸。言问、清洲建立了奉迎门，藏前铺设了柏油路面。清洲桥还用消防水泵清洗一新。

强有力的钢铁之美！

隅田川之外，圣桥、三吉桥成了新名胜。新造了大小近四百座桥梁，东京出现了水都之美。

四　滨町公园与昭和大道

清洲桥的外文名称是 Suspension Bridge，翻译成日语就是"自碇式连续补钢板支架吊桥"。外行人听起来莫名其妙。如果说是莱茵河上科隆桥加以改建，听起来就感到亲切多了。与此相同，滨町公园的名胜西式凉亭，听说是威尼斯哥特式建筑，也同样让人感到亲切无比。

滨町公园之所以有西洋庭园的感觉，在于广阔的草坪、稀疏的树木和沙石散步道。面积一万一千坪。一眼望去，一片明丽。如若要寻觅显眼的新景点，大约有三处：理想的游泳池、儿童游乐场和威尼斯风格的凉亭。

儿童游乐场有难得一见的螺旋滑梯和漂亮的沙石场。一位普通人家的妇女站在滑梯下边说：

"仔细看看吧，无论多么幼小的女孩，都穿着肥裤衩子。世道真变了呀。"她似乎现在才突然猛醒。

"就连水泥垃圾箱也都造得很时髦呢。"

"草地上有一道用青竹做成的弓形篱笆墙。说到青竹，总是使人感到愉快。你知道吗？那其实是钢铁涂上青漆制作成的。"

"游泳池也像绘画——不，简直就像西洋电影里出现的一般漂亮。夏天，姑娘们或许都赤裸着身子跳进去。池子建在山丘上，周围树木环绕。"

还有，我指着威尼斯风格的建筑问："那是亭子，是塔，还是厅堂？"没有人明确告诉我。我看到一旁的说明词上写着：这是日本建筑界的恩人乔赛·昆德尔设计的旧开拓使厅舍，其后成为日本银行集会所，大地震时被毁。为了纪念位于永代桥畔的这座建筑，使用残留的部分材料仿照原来建筑式样重新建造。大致基于此种意义，复兴局也只姑且称作"建筑"而已。

"总之，这是纪念明治开化时代之地。目前在东京，文明开化时代的纪念地很少见，江户时代的面影自然更是泯灭了。"只能作如此一番说明。滨町河岸也是如此，那些吟唱渔港、码头的古代歌谣已成尘梦，如今变为混凝土护岸工程了。远景是原供应巡行午餐的皇家餐厅——千代田小学校，近景是被称作"金座街"的明治剧场。这条明治剧场旁侧的人行道通往滨町公园的前门，后门大概就是新大桥。可是，明治时代的桥细瘦如柴，看起来犹如古老的骸骨，不变的或许只剩潮腥和鸥鸟了。

不过，较之公园和桥梁，堪称帝都复兴大工程的自然是区域调整和道路建设。东京全是道路，而没有街巷，只有这种感觉。一千二百米以上的干线五十三条，例如第一干线道路的所谓昭和大道，长约十四公里，仅工程费就花销四百一十三万元。街道树三千几百棵。看到这条大道，才有资格谈论所谓的东京复兴。

因此，我从上野走到新桥，步行于幅宽约四十八米的路面上。要是有人问我印象如何，我将回答：

"我看到了残破的东京。虽然并非没有想到宏大复兴的开始，但东京显眼的伤痕、无法掩蔽的疲惫、刻意造就的表面繁荣，如此的感觉至今依然历历在目。"

五　沿着一号干线

我在这条幅宽四十八米的水泥路上，走了将近两个小时。一进入银座后街的地下室喝咖啡，被户外阳光照得目眩的双眼，好一阵子什么也看不见了。因此，我首先想到的是，街道上茂密的法桐，到了夏季会使那条路的炎热变得如何呢？接着，我对在那里见面的朋友说：

"什么一号干线道路，有的也就是果子铺和烤白薯店。"我说着说着笑了。

"还有两件可怜的小玩意儿：皮肤科病院的庭园，紧挨着道路有个巨大的鸽子舍，养着二三十只鸽子。走进一看，一股紫丁香的气息扑面而来。这是其一。还有一件是面包店，洋铁皮的屋顶涂着猪血般的红漆，连玻璃窗的窗棂都是红的。——好彻底啊，不过这是新东京风格的装饰。附近还有一家涂成金色的金箔店。"

罗列这些小零碎是出于不得已。照某人话说：这一号干线可以和巴黎的香榭丽舍大街以及柏林的菩提树下大街并列，不，其长度更占优势，是新东京的骄傲，新都市美的首要代表。还有人说：如果两侧的小卖店难以维持，也许会长满米荠菜。要是那样，倒不如春天法桐树开始泛绿之际，从上野跑到新桥观赏一番更好。

眼下上野车站正在翻修中。这之前建成的五千坪广场依然杂乱无章。直到和泉桥，引人注目的建筑就只剩纯白色的御徒町邮局了。除了廉价的铜葺屋顶和土灶般的小店之外，一元出租车时代的新景物中较为醒目的只有加油站了。站在和泉桥畔，可以看到扇形的大米交易市场和尼古拉耶堂的圆形屋顶。

第二号干线自九段越过两国桥，横穿和泉桥南广场。这里的岩本町车站位于六道口，有钢筋混凝土五层楼建筑的估衣市场。从这里向南经过地藏桥，便是浮岛般广植棕榈的草坪，堪称昭和大道上的绿洲。有奉迎门。从铁炮町车站一带，可以望见问屋町的高楼。日本桥相邻的江户桥上也有奉迎门。人行道上挤满了小孩子，都在用粉笔画画儿。日本桥大道后面，西胁银行新建的白色大楼引人注目。

不久，由东京站八重洲口通往金座方面的槙町线横穿过眼前。槙町干线道路的电线全部埋设在地下。那一带的一号线上还有小型商店街。雇工们正在清洗新京桥的花岗岩。左首是歌舞伎座办松餐厅，有一座看起来像中国式围墙的建筑，俗恶而又少见。不远就是银座后街。遇到新桥的雏妓，然后渡过蓬莱桥，就到了汐留车站，接着便是新桥。

　　自新桥起始的旧干线上的银座和日本桥——
不用说，正如常见常新的浅草一样，银座也常见
常新。其次，自商业中心的丸之内、政治中心的
日比谷至霞关，还有神宫外苑，部分变新的上野
公园和九段——东京新的名胜还有一些。特别可
称作"新建成"的景点，大体就是我写到的这些
地方。例如，银座不论扩大到何种程度，银座这
块地方都不属于复兴局所新建，只属于银座本身
的变化。变化的原因较之地震，多数属于时世推
移。还有，具有新都市风景的丸之内凭借地震废
墟，反而成为堪称永远不变之地，这倒是挺有意
思的事。

昭和五年（1930）三月

临终的眼

一

一

岸惠子的婚礼

近来，多家周刊杂志几乎同时刊载有马稻子小姐订婚的传闻。仅就订婚一事，在我看来，虽然作者不抱什么恶意，但多数都是调侃戏谑的文字。对于这件事，有马小姐和中村锦之助君都不置一词，这就使得那些写手愈发凭借臆测和想象，任意添油加醋起来。不管怎么说，这种喧嚣一时的报道，当事者们是很难忍受的。我和有马小姐相识日久，我不能将这些报道看作是与己无关的他人趣事，或者作为当红女星的花边新闻津津有味地阅读。在这类报道之中，有的文章关系到有马小姐以前被报刊杂志当作酒桌上"助兴"的材料反复宣扬的事件，有的文章是就有马小姐的性格等方面联想发挥而写成的。

小说家的作风也是如此。假若将人的性格作为定评写出来，那就是以先入为主的观点看待人。我虽然不曾向那些对自己作出定评的东西发出抗议，但几乎都是抱着不服气的态度。恐怕谁都是如此吧。但话又说回来，那些定评也并非全都是错误信息；至于有马小姐的性格之说，也不是无根无据的歪曲。即便如此，人的所有的性格，并不是那么容易把握住和简单说明白的。很少有像有马小姐那样的女明星，其性格很容易抒写，原因在于有马小姐日常的言行毫无顾忌地表现着自己的性格，在于她从不对自己的性格遮遮掩掩。但是，单把这些论断为有马小姐性格的全部，那实在是靠不住的。

我不想在这里谈论有马小姐的性格，有马小姐订婚的传闻倒使我联想起岸惠子的婚礼，打算在这里写一写。因为碰巧我在巴黎，婚礼上有缘作为新娘子娘家的保证人。新郎相皮君的保证人是乔治·德尤迈尔的公子。岸小姐去法国拍摄《雪国》，出发晚了，是我先去的，会见了相皮君。在外国担当国际婚姻的证婚人（或许不宜叫这名字，近似保证人的意思），一生之中绝无仅有。我一向不擅于记忆，但对这件事不会遗忘。

岸惠子同相皮君结婚以后，曾回过日本两次，第一次是三年前，第二次是今年。三年前的秋天，我患胆结石症，在东大医院住了好几个月，没时间和岸小姐好好会面。她到医院探病那天，我向医院请假，回镰仓家里住了一个晚上。胡萝卜须俱乐部为岸小姐召开送别会，我由医院前往出席。因为我还在住院，所以想早点回去，有马小姐说要送我到医院。我说，那怎么行，你不能离开这里，硬是把她劝止住了。那天我很感奇怪，为何电影女星来得这么少，要是有马再离席而去，会使送别会黯然无光。有马小姐说过，那天试映会上自己演出的部分大多被剪掉，她有点泄气，所以在场不在场无所谓。由于我的阻止，她才留下来。

今年秋，岸小姐完成影片《弟弟》的拍摄之后回巴黎，胡萝卜须俱乐部为她举行送别会兼庆祝会，我从纪尾井町的福田家前往出席。五月初，我赴美之前，听说相皮君继岸惠子之后来日本拍摄佐尔格事件[1]，当时我想，从美国回来后在日本还能再次见到相皮君。我在巴黎，曾经三次往访相皮君的公寓住宅，他还请我到西餐馆用餐。我想趁这次好机会同他在日本见面，没料到，八月二十日我从美国回来，相皮君早已返回法国了。

这一次，岸惠子是作为法籍人士被接待的。她在日本的演出费等费用都是按照外籍人员的标准支付的。（何况扎伊拉问题刚刚过去）岸惠子为相皮君的入境手续过于烦杂而叫苦连天，四处奔走。再说，日本方面似乎对相皮君合作导演的电影反应冷淡。岸惠子为此深感苦恼。不过她还是在《弟弟》的演出中大展实力。这无疑使岸惠子在日本获得一些慰藉。众多电影评论家都一致承认她是六十年代演技最为杰出的电影演员。可以说，倔强好胜的岸惠子在日本受尽冷遇之后，终

---

1 佐尔格事件：苏联间谍理查·佐尔格 1933 年前往日本建立情报网络，1941 年事泄连同朝日新闻记者尾崎秀实等间谍被特高课逮捕，1944 年被处以死刑。

于凯旋而归。

　　我仅仅在胡萝卜须俱乐部欢送岸惠子的鸡尾酒会上见过她一面，没有机会和岸惠子长谈。会场位于产经会馆二楼。我回去时，有马稻子小姐为我送行。外面下着雨，夜晚空车很少，有马小姐站在沛然而降的大雨中为我找出租车。我过意不去，自己也站到雨中去了。有马小姐不住劝我说，这样会感冒的，叫我回到里面等着。有马小姐也是一身晚礼服，这里终于没有空车通过。有马小姐只好托胡萝卜须俱乐部给家里打电话，叫来自己的车子。我经不起雨淋，第二天就因为受凉而卧床不起了。福田家的侍女说，发现了我半夜里到冷水池洗澡的迹象。我吃了安眠药，朦朦胧胧之中，难免做了糊涂事，到了早晨就全忘记了。

　　有马小姐待人亲切，最使我感动的就是为我叫车。那是多年前的事了，我同有马小姐在横须贺线电车上偶然相遇，她过来跟我打招呼，然后回到自己的座位上。我想到有马小姐的座席那里看看，但想到我与她交往还未到如此亲近的程度，又没有共同的话题，坐在那样的美女身边，有些难为情。在新桥下车时，有马小姐来到我这里，为我拎皮包。我吓了一跳，因为去写作，包里装满了书籍和纸类，相当沉重。有马小姐帮我提到出站口，叫了一辆出租车。我以为她要乘车，谁知她把我的皮包放进车厢，自己立即退了出来。有马小姐为我做着这一切，丝毫也不显得是故意做作，而且又是电影明星，完全出乎我的想象之外。我从有马小姐那里感受到了亲切的情谊。

我认识岸惠子小姐比认识有马小姐早得多。初次见面时，她还不是电影明星，而是一位立志当作家的少女。胡萝卜须俱乐部的若槻繁君以前加入过我们镰仓文库编辑部，镰仓文库破产后，他转职到《向日葵》杂志做编辑，和我有过交往。这位若槻君经常向我提起，说他有个亲戚，是个想写小说的姑娘，希望我能见见她。这位少女就是岸惠子。当时她已进入大船电影制片厂，但尚未成名。作为电影演员，岸惠子演过什么电影，我不十分清楚。不记得那是多少年之前，岸惠子二十岁光景或还差点不到，跟着若槻君一起来了。当时我正在纪尾井町福田家写作，眼前的岸惠子光鲜亮丽，天真稚气。我想，这女孩若是写小说，一定会成为一位美女作家。我只是和若槻君交谈，居然没有同岸惠子说话。他们两人走出福田家时，玄关洒过水的脚踏石板上，岸惠子的裙裾拖曳在地上。我不由一惊：裙子湿了！岸惠子穿的是轻柔而薄质的开裾连衣裙。漂亮的裙裾擦在石板上，我当时的感觉好似鲜花浸水，留在心中。这就是我对岸惠子最初的印象，至今回想起来，仍历历在目。

听说岸惠子小姐只写了一篇小说，当时我正在《雪国》的外景地汤泽温泉。纽约克诺普出版社出版过谷崎氏、大佛氏、三岛氏的作品以及我的《雪国》英译本，该社总编西特罗斯夫妇来日时，谈起《雪国》正在拍摄之中，他们想去汤泽看看，并约上译者赛登施蒂克。我们在东宝电影公司山内君的照料下一起出发了。到达后的当天晚上举行欢迎宴会。席上还来了三四个粗俗的当地艺妓，粗门大嗓唱起歌来，使我颇为困窘。"雪国"的艺妓都是这个样子吗？我很失望。这么说，我写《雪国》之后羞于露面，再也没有去过汤泽。这二十年间，作为滑雪场而繁荣的汤泽，彻底变样了。滑雪场山脚下，自车站至高半旅馆，铁路沿线接待滑雪客的廉价旅社鳞次栉比。《雪国》的时代没有一家这样的旅馆。"高半"也扩建了，大门弄得怪模怪样。丰田导演指示按照往昔的大门进行改装，唯有我写作《雪国》时居住的房子周围，按原样保留了下来。我们到达那天，从车站乘雪橇沿着滑雪场山脚前往旅馆。翌日的散步是按西特罗斯的愿望，沿旧道而行。旧道边的田园风格的房舍没有改变。从屋顶卸下的积雪同道路清除的积雪都堆积在一起，几乎接近房子的檐端了。尽管如此，西特罗斯夫人也能在积雪厚重的道路上稳步前进。

西特罗斯说，岸惠子小姐的手指尤其漂亮。素指纤纤，瘦健而修长。我比岸惠子小姐先去巴黎，会见了相皮君，谈起岸小姐太瘦弱了。相皮君说惠子还是瘦一些好，不可太胖。岸惠子小姐跟我说，她一旦拍完《雪国》，就去巴黎同相皮君结婚。可是丰田导演过于执着，再加上天气的影响，摄影一再延迟。丰田导演反复对她说："这里不是巴黎，是'雪国'，你是驹子！"我们去汤泽的第二天下午，正遇上召集当地孩子拍摄赶鸟的场面，这是雪国原野美丽的风景。看完后回到旅馆房间，岸惠子小姐打来电话，告诉我《平凡》杂志的记者从东京带来质量优良的肉，准备做烤肉，邀请我一道享用。我不认识《平凡》的人，婉言谢绝了。那天夜晚，岸惠子来我房里闲聊，谈了两个多小时。岸惠子如此悠闲地同我说话，前前后后只有那一次。岸惠子小姐诉说了她同相皮君订婚之后，遭受周围人的白眼，而相皮君巴黎的朋友听到他们订婚的消息，似乎都为他们祝贺。

我在《雪国》拍完之前，过了三月二十日，就随松冈洋子小姐去欧洲了。那一年，为筹集召开东京笔会大会，我们到伦敦出席国际笔会执行会议，讨论有关问题。从巴黎去伦敦，再回到巴黎，紧接着再去慕尼黑和罗马。因为岸惠子小姐要我到巴黎同相皮君见见面，出发前，我托小松清君给相皮君打了电话。相皮君很高兴，他对小清君说，惠子的信中提到过我，他认识我，巴望尽快见到我，希望尽量多带些日本人来，他请我们吃饭。

对方希望尽量多带几个日本人，究竟谁去好呢？我犹豫了。小松君对我说，芹泽光治良君的女公子可以啊，于是就这么决定了。我在我和松冈下榻的库莱阿利兹饭店等候芹泽君的女儿。晚上，我们前往相皮君居住的公寓，那地方距离饭店所在地香榭丽舍大街不很远。就在日本大使公邸斜对面，是个好地方。相皮君说，为了迎娶惠子，他将这座公寓装饰一新。听说这次装饰是相皮君的电影装置家一手设计的。（如今，相皮君夫妇仍然住在这里。我想起来了，岸惠子小姐在巴黎的照片刊登在妇女杂志和周刊杂志以后，我来看过这座房子。）设计不拘一格，走进大门，沿着细长的走廊前行（走廊中途有佣人室和厨房等，这是后来才知道的），走下台阶，就是大厅。大厅右面高高耸立着漂亮的半圆形书橱。既是房屋的装饰，又是里外的隔挡。书橱后面是起居室、卧室等房间。相皮君还让我们看了卧室，寝床及其他家具，都是簇新的。我们倒是在新娘子惠子到来之前看到了这里。大厅（沙龙）的墙壁上挂满了一系列复制的浮世绘画作，装饰着偶人以及其他日本制造的小玩意儿。

相皮君同我们一见如故，十分热情。他生来好客，在迎候惠子期间，看来很喜欢会见来巴黎的岸惠子的亲朋好友。书橱里摆着许多文学和美术书籍，他抽出限定发行、印制精美的塞尚画集和凡·高画集，表示要送给我其中任意一册。我略一思忖，决定要塞尚的。（后来，小松清君又带我到安多烈·马尔罗家，主人送了我一册达·芬奇研究画集。这两册画集是我在巴黎的最好纪念。）相皮君问我们喜欢吃什么菜，我们都希望吃正宗的法国菜。看样子，相皮君是那家饭馆的老主顾了，店家为我们做了一道蜗牛料理。我第一次吃蜗牛，他教我用左手拿特制的钳子卡住外壳，用右手拿小叉子掏蜗牛肉吃。我手指不灵活，全座人只有我怎么也卡不住蜗牛的外壳。自己也觉得滑稽，先放声笑了。那笑声止也止不住。周围餐桌上的食客们被我的笑声吸引，大家看着我也都笑了。我倒没觉得难为情，反而很高兴。

　　——那年春天的欧洲之旅，使我开怀大笑的事，除了吃蜗牛之外，还有两件。住在伦敦饭店时，想去理发，到一楼理发铺一看，门口写着"理发请预约"。访问人家，同人见面自然要事先约定，理个头发也要预约，太过分了吧。我平时散漫惯了，对于预约之类事格外反感。到高级餐馆用膳或观赏歌剧演出，也是说去就去，没有座位也不在乎，最后总是有办法解决。（欧洲和美国之旅，就我所知，理发铺子要预约的只有伦敦饭店一家。）理发，预约个鬼！半夜里我独自一人用保险剃刀削头发，前头和两侧还可以，但后面对着镜子一照，低处还残留着头发，不能见人。因为没有对着镜子刮削。我自己看着脑袋后面，笑出眼泪来了。第二天一早，我给松冈洋子小姐打电话求救，我又笑个不停。松冈来到我的房间，她一时惊呆了，抱怨我不该这么干。她很无奈，只好将头发一律剃到原来的高度，使之好歹成形。我一直记挂着我的后脑勺，走在大街上看男士们的头，不少人都把后面的头发剪得很高。或许这里的理发师不像日本的那般灵巧、仔细，手艺还不够娴熟利索吧。想到自己的脑袋没什么好笑，也就安心了。再说，也没有谁会专门留意别人的发型。还有一次大笑是在罗马饭店的柜台上。从巴黎转到慕尼黑再到罗马，正遇上那里的复活节。全罗马所有的酒店都找不到一间空房，我们只得停宿在私人小旅馆里。在小旅馆过了一周，其间，日本大使馆的人为我们订了饭店的房间。我转移到饭店的那天晚上，松冈小姐去了埃及。翌日清早，我要上街，把钥匙交给柜台，柜台人员问我："有什么行李需要交搬运工搬运吗？"我满脸诧异，于是他又问："您是今日离店吧？"于是我大笑，笑声不止。柜台人员以为我只住一个晚上。这件事不如用保险剃刀剃脑袋以及吃蜗牛卡不住外壳那般滑稽可笑，但我不明白，当时为何笑成那个样子呢？

吃罢蜗牛，相皮君到店门口买了一份晚报回来，他看了报之后说，今日白天，弗朗索瓦丝·萨冈因车祸受重伤，生命垂危。这条消息是作为头条新闻刊出的。我通过小松君的翻译知道了内容。我也读过萨冈的处女作《你好，忧愁》的日译本。我们都很震惊。

萨冈会因这次车祸失去生命吗？大家沉默不语。我读了《你好，忧愁》日译本，并不觉得像世界评论界所说的那样，是一部值得惊异的作品。然而，眼下切实感觉到"天才少女"的死就是《你好，忧愁》这部作品作者的死。（这是一九五七年四月的事，萨冈第二部作品《一种微笑》虽然是五六年写的，但在我当时离开日本之前，这部书似乎还未出版。萨冈离开巴黎而出事的那条道路，也是我乘车经过的道路。我的记忆虽然有点模糊，但萨冈的跑车翻倒了，晚刊上好像还登了照片——后来才知道，萨冈九死一生。）

相皮君似乎同萨冈不相识，我们随即放下车祸这个话题，恢复了开朗的情绪。店里的饭菜很好吃。出了店乘上车，相皮君就连续呼喊"惠子，惠子"，一副兴高采烈的样子。春夜良宵，街道树的嫩叶丛中一泓喷水十分美丽，至今依然映在我的眼帘里。为了拍摄我的作品，惠子来巴黎晚了，为此我向相皮君道歉。不光因为性格严谨、不够通融的丰田导演，也因为雪中外景地的变化而迁延时日。一旦下雪，场地就会变形，不能作为先前拍摄的同一场所继续使用。化雪的时候也一样。因而，受到雪国天气的影响非常大。相皮君自己以前在瑞典拍摄过雪的外景，他说，这一点他十分清楚。接着，相皮君对我说："这本来是个秘密，还是对您说了吧，惠子三十日凌晨三时抵达巴黎。"我当然是第一次听说。相皮君把我送回宾馆，再把芹泽君的女儿送回去，然后再送小松君。过了十点，快到十一点了。后来听说，相皮君一头钻进小松君住宿的料理店牡丹屋，谈了两个多小时。那是个快乐的夜晚。据说芹泽君的女儿也很愉快。

我和松冈绕道慕尼黑前往罗马。岸惠子有相皮君在等着她，不过在巴黎，她没有一位日本人朋友，所以我打算到机场接她，我叫松冈也一起去。罗马复活节假日漫长，又加上午休也长，晚上关门又早，在实际停留的日子里，没时间充分参观美术馆等，至少要去佛罗伦萨看看。多少有些流连，但还是决定二十九日返回巴黎。回国的日子也定下来了。东京一直没有联络，国际笔会大会的经费筹集究竟进行到何种程度，情况一概不明。我不能如此休闲地住下去。松冈去了埃及之后，我必须亲自去航空公司购票。法航虽然有一个略通日语的混血儿，但总是不得要领。于是我又去了北欧航空公司（SAS）。那里倒是办起事来亲切熟练。随即预订了五月十一日自哥本哈根至东京的卧铺票。关键地方用笔谈，以免出错。

二十九日的飞机，想不到要在日内瓦换乘一次。换乘的飞机晚点一个半小时，只有我一个人去问工作人员为何晚点，西洋人乘客全都毫不介意，处之泰然。决不着急，这是我去外国旅行的体会之一，但我还是去问了。飞机飞越阿尔卑斯山时，座舱内的人都一起挤在一侧的窗口呼喊："勃朗峰，勃朗峰!"我坐着朝那里眺望。有人将一只手搭在我的肩头上，告诉我："勃朗峰，勃朗峰！"从飞机上望风景，皆不可观。

回到香榭丽舍饭店的第二天早晨，我开始拉肚子，情况很严重。前天，我跟随日本驻罗马大使馆人员前往郊外的奇波利公园，当时喉咙干渴，手捧着喝了几口瀑布水。有人对我说："哦，那水不能喝。"这座庭园因具有各种数不清的奇形怪状的瀑布而闻名。我以为瀑布水是干净的，其实很脏。安设的某种装置，控制水流时涨时落，把水给污染了。或许就是那水作的怪。又或者是飞越阿尔卑斯上空时，肚子着凉的缘故吧。我什么也不吃，静静地躺在床上。

佐藤敬君来了，我躺卧着同他说话。佐藤君醉心于艺术，他滔滔不绝地谈了一通。他说，日本的绘画风格自古皆是抽象的。如若艺术品能像最近以来进一步趋于抽象，日本画家就会如鱼得水，自由自在。当今法国画家们也都在大讲"抽象美术""日本"等话题。——其后，沙龙五月画展开幕当天，小松清君不用说了，我与佐藤君也应邀出席。主要会员都一一作了介绍。（我不懂法语，无法交谈。）不过，大部分展品令人失望，几乎没有什么触及灵魂的作品。轻薄，缺乏厚重，似乎没有天才之作。有的绘画受书道和狩野派影响。日本画家的展品也很多。佐藤敬君的绘画以前在他的画室里拜见过，用笔精心细致，颇见厚重与敏锐。几乎都是抽象派展品，唯独获须高德君始终坚持写实画作，似乎与会场不太相符。

佐藤君一席长谈回去之后，小松清君来电话，请我去喝粥。我来西方，全然不再想吃日本米饭、味增汤和腌咸菜。而熟习外国旅行的松冈洋子小姐却对此情有独钟，使我甚感可笑。只有这时，我才深深感念小松君的一番热情。傍晚去牡丹屋，他给我做了大米稀饭，前来学习音乐的日本姑娘送给我腌梅干。贵重的梅干，只剩一粒了。姑娘告诉我，我送给她的樱草，在我出差意大利期间，茎杆长了，花朵开了。据说法国姑娘也这么说过。我和佐藤敬君、小松清君从画商那里回来，走过塞纳河岸，在路边不知花了五十元还是一百元买了一束樱草，送给两位姑娘之后，两方都开了花。这件事使我觉得很亲切。小松君问我今晚去不去迎接岸小姐，我回答"去"。他说只要我去他就去。我想到惠子小姐为了同相皮君结婚，千里迢迢只身来巴黎，这是多么令人感伤的事。

从牡丹屋回到饭店，我钻进被窝，等待迎接凌晨三点的班机。腹泻停止了。半夜里，小松君打来电话，说今晚上让他们两个单独多待上些时候吧。我回答："就照你说的办吧。"虽说接机，其实也就是站在机场大楼外的角落，等岸小姐出来，见上一面就回去了。小松君善解人意，我听从他的安排。

第二天上午，我到日本大使馆办什么事情（大概是戛纳电影节的事），走进日本大使馆文化部。大门敞开着，看到岸小姐和相皮君从回廊上迎面走过来。看样子，他们是来拜访大使的，刚刚走出古垣大使的房间。没想到在这里遇到岸小姐他们，岸小姐也肯定没想到我会在这里。我从椅子上站起身来，惠子小姐连忙走进来，两个人一握手，她就扑簌扑簌流下了眼泪。她泪流不止，我的眼睛也浸满泪水。惠子哭成泪人儿了，使得文化部两个人都转过脸去，不忍心再看她。相皮君也惊呆了，站在门口一动不动。（后来，岸小姐来日本时，大家谈起这件事，惠子说："我真是个好哭的人啊。"）岸小姐长途旅行后，不能睡眠，所以才会流出那么多眼泪吧。岸小姐收住眼泪对我说，相皮君打算请我一道吃午饭。惠子今早刚到这里，我就去了相皮君的公寓。不一会儿，一位矮小的老人走了进来。岸小姐介绍说，他就是相皮君的父亲。说完，就到对过去了。我用不地道的英语向老人表示祝贺，还夸赞了几句惠子小姐，说她是全日本最漂亮、最贤惠的姑娘之一。

惠子走回来，做父亲的说道："我可不懂英语啊。"但岸小姐却说："他说不懂，其实是懂得的。"

相皮君的母亲来得晚一些。听说她得了一种"可怕的病"。没问是什么病，所以不知道，但见她眼窝发黑，很像一个病人。相皮君的父母都是有名的音乐教师。父亲也是第一次来这座公寓。儿子为娶媳妇装修房屋，做爸爸的从不来看一眼，尽管在西方，也叫我很难理解。餐桌上除了相皮君一家四口，加上我一共五个人，还有一个侍女。岸小姐闲不住，立即行动起来，为我沏了一杯日本茶。这杯茶尤其香。听说这是岸小姐来巴黎后吃的第一顿饭。惠子换上了蓝底碎白花窄袖和服。相皮君对我说："惠子很尊重您，这一点我很清楚。所以，就请您做我们的婚礼中介者（保证人）吧。"我说："还是古垣大使最合适。"仔细想想，日本人和法国人结婚，婚礼保证人必须由大使担当下来。结果，看到我这个旅游者似乎蛮可靠的，便决定由我来充当保证人了。我问相皮君参加婚礼要穿什么衣服，他回答说，黑色或藏蓝色系的衣服就行了。我说我带有晚礼服，他说那就很好。这些谈话都经过岸小姐的翻译。

婚礼当天，古垣大使说他开车来接我一道去。于是，我被请到大使公邸，古垣氏看我身穿晚礼服，说道："好郑重的打扮啊！"大使一身便装。乘上古垣夫妇的轿车，说是在郊外路上要花一个半小时。听说那里像轻井泽，但地势没有轻井泽那么高，是杂木林中的一座村庄（或许是小镇，但给人的感觉是村子）。婚礼就在村公所里举行。那是乔治·德尤迈尔父子居住的村庄，相皮君同德尤迈尔很要好，在他的帮助下选了这里。或许也为了躲开报社记者吧。可到底还是来了几家记者和摄影组。大家知道，那些照片也寄到日本来，刊登在当时的妇女杂志上了。

村公所是一座窄小而粗劣的建筑，似乎同日本乡间古老的村公所没什么两样。门口挤满了人，不能走动。村公所前面是一排大杂院，孩子们从楼上窗口探出身子，惠子小姐抵达时，他们齐声欢呼，招手："布拉保，相皮君夫人！"大家对这个东洋媳妇儿，既不好奇，也无讽刺，而是欢呼祝贺，令我十分感动。婚礼进行得极为简单。村长上台宣读誓词，接着好像表达了一番祝福，我已经记不清楚了。古垣大使似乎说过，讲得太好了。村长是位蔼然长者，一副村中老夫子的形象。他读誓词时，一个劲儿抖动着身子，看样子很激动。继村长之后，乔治·德尤迈尔献祝辞。接着，新郎新娘双方在大纪念册上签字。相皮君署名下边，德尤迈尔的儿子署名。惠子小姐署名之下，该是我署名。婚礼保证人的任务只是署个名而已。我用汉字签名，标明罗马字发音。我以为，用汉字署名似乎很少见。岸小姐写的是罗马字。她签过字之后婚礼就算结束了。

婚礼之后，在德尤迈尔家中庭园举办喜筵，宴会之后有游园会。房舍类似山地小屋，庭院稍微宽广，各种鲜花，颜色艳丽。水泥铺地的小泉水池里也有鲜花开放，我甚感奇怪，仔细一瞧，原来水底摆放着花盆。泉水中不时腾起可爱的喷水，那是经细长的橡皮管引到这里，再经巧手组合而成。岸小姐今早到达时对我说，德尤迈尔全家人为今天的庆祝会整理庭园，整整忙活了一个月，从巴黎运来两卡车鲜花。惠子今早到达这里时，德尤迈尔全家人一起光着脚，在院子里干活。庭园的花草布置，费尽了主人的心血，草坪的鲜花等也是为今日栽种的。

　　结婚典礼上，惠子小姐身穿素白色婚纱，这是在三越商店做好后带来的。在婚宴游园会上，她换上美丽的长袖和服出现。我本来以为岸小姐一人来巴黎，没想到还有美容师同行，今天也在为惠子精心打扮。新郎相皮君穿着寻常的衣服，大出我的意料之外。浅蓝色的西服底子点缀着不很显眼的细白点。这套西装我屡见不鲜，一点没变。男宾们也都各随所好，毫不讲究。我呢，一身晚礼服，脚登漆面皮鞋。古垣大使说的"好郑重的打扮"，就是这番意思啊。不过，我来西方，独自穿着不同的服装，几乎没有多少人在意。

　　院子里的客人大约五十人至百人之间吧。小

松清君和日本大使馆的松井公使以及官员们也都出席了。古垣大使约我跟他一道回去，那时已是下午三点多了。

古垣大使的轿车停在相当远的地方，位于乔治·德尤迈尔家附近。父亲德尤迈尔的宅邸相当豪华。我们上车时，看见惠子一路上慌慌张张向这里跑来，身上穿着新换的长袖和服，一双与之相配的草履，跑起来十分吃力。岸小姐希望我留下来，她说游园会马上会变得更加热闹，黄昏后放焰火，彻夜跳舞直到天明。还说已经为我在附近的旅馆预约了房间。我被新娘子一身婚服亲自跑来的一腔真情感动了。相皮君也跟在惠子之后来到停车的地方。我一时犯了犹豫，不知如何是好。喝酒、唱歌、跳舞，我一样都不会，法语更是一窍不通。虽说这些都没关系，但日本人都回去了，我留下来，新娘子就得始终惦记着我。再说，我乘坐大使的轿车来，要是单独留下，对古垣君来说也是失礼的行为。岸小姐似乎总觉得很遗憾。——后来，我和小松君访问巴黎的公寓，岸小姐说道，婚礼之夜，他们在鲜花盛开的庭院里跳舞，快乐非常，我要是在场该有多好啊！

——我最初的欧洲之旅的过程中，有岸惠子小姐的婚礼，还应邀作了保证人，这些事成了我美好的回忆。

岸小姐第一次在香榭丽舍大街独自购买的手提包，送给了我的女儿。

岸小姐以前说过"立志当作家"，据说直到现在只写过一部小说。这是她进入大船电影公司时候的作品，六十页，是以同台演员望月优子（美惠子）为原型写成的。题目叫作《梯子》。我以为这书名太俗气。我问她带没带到巴黎来，她说带来了，不过她没给我看。

惠子在巴黎时也说过，今后有时间还想写小说。惠子小姐聪明伶俐，内在热情，有着非凡的一面，所以我认为总有一天，她会专心写小说的。然而，夫君相皮君很好客，正像电视节目《明星的一千零一夜》中所看到的，惠子本人也以日本的一名"外交官"的姿态出现。她在巴黎工作十分繁忙，拍完《弟弟》之后，依旧过着女演员的生活。真不知她何时能静下心来投入写作。

去年夏天，为了拍摄《佐尔格》，相皮君来日本，不巧我正在美国，没有见到他。

阿伊拉·莫里斯夫妇来访我家，忘记是哪一年了。莫里斯氏国籍是美国，长住法兰西，夫妻皆作家。为了抚慰原子弹受害者，他们在广岛独自兴办"休憩之家"，也希望能在长崎再建一座。今年，阿伊拉氏向美欧文学家呼吁援助。在日本笔会的斡旋下，将作家们题字作画的色纸[1]赠给"休憩之家"，聊助一臂之力。最近将要送到广岛去。公子阿凡·莫里斯同日本芭蕾舞演员结婚，久居日本，以翻译三岛君的《金阁寺》而知名。他因受聘担任哥伦比亚大学教师而赴美了。

我在庭院的草坪里铺上席子迎接阿伊拉夫妇，悠闲地交谈着。我问他们，在什么场合下才穿晚

1　色纸，一种厚片方纸笺，印有图案或撒印金银箔作装饰，用来书写和歌、俳句、书法。

礼服。莫里斯回答：下午七点之前，穿这类服装的人，包括饭馆跑堂的、赌场的保安、火葬场的老板等。我听了大笑不止。岸惠子小姐的婚礼正是七点之前举行的。然而，没有哪个法国人注意我的一身晚礼服。为此，我至今感动不已。我一向不在乎什么，假如我听从惠子小姐的规劝留下来，七点以后进入夜晚，一身晚礼服也就不成问题了，不是吗？

感谢《风景》编辑部，答应连载我这篇悠闲散漫的文章，长达九个多月。其间，岸惠子小姐因《弟弟》中的演技超群，集电影女演员所有奖项于一身。她还在巴黎主演了让·考克特的舞台剧。

昭和三十六年（1961）一月—九月

一

有马稻子

《浪花恋爱物语》中的有马稻子小姐美艳无比，演技拔群。她与舞台搭档锦之助君恋爱、订婚，是很自然的事。我所亲近的女演员只有有马一人，故而我为她高兴。以往，有马小姐的所谓"任性"或"负气"，被周刊报纸大肆宣扬，令她一时心烦意乱。如此受到伤害的女演员只有她一个。其实，我所熟识的有马小姐，同这些宣传迥然相异。我眼里的有马小姐心胸开朗，平易近人。这些不仅因为有马是美人，或者同我关系密切的缘故。

　　前些时候，岸惠子、久我美子和有马稻子三人相聚，举行结婚座谈会，我在一边旁听。岸小姐不住述说有马小姐是贤妻良母，这可是对朋友颇为相知的话语。席间，娇弱可爱的有马小姐使我多少产生悲悯之情。有人提出这样的问题：婚后还能不能继续拍电影。当然不仅限于这些。也有人说，有马订婚后，完全变了一个人。久我小姐最近也要订婚，我以为这是一件快乐的事情。有马小姐对于结婚、组织家庭似乎颇为向往，并且为此而努力。有马小姐的身世以及婚姻等，我以前曾听她详细叙述过。我当时十分感动，认为她是一个讲真话的人。

我已经记不清有马小姐与我何时相识，大概是胡萝卜须俱乐部成立以后吧。总之，我第一次听到她在影片里的对白，觉得很喜欢。我看她演的电影，只为了欣赏她的嗓音。还有，我觉得真实的有马，比电影里的有马更加动人。我以为，过于艳丽反而很难演好电影。当然，此后的有马小姐，作为演员还是取得了长足的进步。眼下她结婚之后，说不定会停止演员生涯，那将是多么可惜的事啊！但要说有马小姐天生就适合当电影演员，那说法也是多少令人怀疑的。在日本，电影女演员的生活并非多么重要（对不起），一切服从新的命运的安排为妙。我之所以喜欢有马，不仅仅因为她是电影明星。

无可置疑，有马小姐是一位绝代佳人。对面相望，光彩照人。确实是一副明朗的容颜。即便扮演悲剧角色，瞬间里也会窥见一线阳光。虽说艳美灼人，我也不曾困窘难耐；明光异彩，增我愉悦。我和有马小姐年龄差别很大，也没有工作上的联络，有这样一位美人为友，也是一种慰藉。不错，有马小姐确乎自以为是、倔强固执、任性而为。不过，这样的女人，必定有全然相反的一面。我所接触的有马，正是这一反面：热情如火、平易近人、诚笃正直。我经常听到她谈起果断决定一件事情，十分惊讶，心想作为女演员也可以说出这样的话来吗？我对有马小姐最大的希望是，结婚以后继续保持开朗与正直的品格。

昭和三十六年（1961）十月

一

同人杂记

日中战争结束之时，其后似乎应有文学家应做的工作。

恢复和平后，首先要亲近中国人，而能够获得慰藉的应该是日本文学。别忘了有许多知识分子熟悉日语的唯一外国就是中国。

千万别再一夜完成一篇战争文学而遗臭千年。

比起欧美，我更想到中国、印度等东方各国走走看看。

○

倘若身体强健，我也想做一名随军记者。

出于同一文笔业之爱好，做一名战场殉职记者或随军记者，可以获得更加优厚的慰问金。

○

小泉三申氏去世了。

打从前年岁暮住在镰仓之后，至今年六月迁往觉园寺谷，这期间我一直租住在小泉氏的宅子里。

我和林房雄君做邻居。

我和林、深田两君曾经去过一度被称为翠屏庄的地方。几次拖欠房租，他也从不催促。因为称作"店员"，获得了"忆往谈旧"的资格，作为回礼，我没有可以赠送小泉氏的著作，这事很使我感到遗憾。

听说《雪国》获奖，一定要来会见的老学者等，我依旧不想见面。

○

　　近年来，我将创作引人注目的作品当成是最尊贵的事业。这一观念来自岛崎藤村氏的《黎明前》和岛木健作氏的《再建》。

　　岛崎氏的《巡礼》值得注目之处，既有年轻而强健者感兴趣的因素，又有作为青年之书而引起注意之处。

　　在永井荷风氏的《濹东绮谭》这部作品里，我看到了一位老青年旺盛的好奇心。

○

　　作为短篇小说的手法，颇有意思的是林房雄氏的《乃木大将》。

○

　　镰仓阿尔卑斯只不过是镰仓的后山。前几天

去走过，格外优美。身居镰仓，竟然到现在都没去过一次，真不可思议。

回来后，读了两三册关于镰仓的书。吴文炳氏的《腰越考》文章写得也很好。

我想稍稍查阅一下镰仓时代的文学地理。

身边万物，有的具有无尽藏的趣味，却不为人知地存在着。

○

艺术院的官制是怎样的呢？虽说一向不了解，但听说经常有政府参与，所以被胡乱控制了，很感头疼。

倘若政府可以随便解散或改造，那么艺术的权威就受到威胁。

○

我打算自夏季至秋初到信州巡游，然后去琉

球。

在琉球住上三四个月，写作一部长篇。

三四个月短期里完不成，即使去琉球也完不成，那么对现在的我来说，就没有时间再写了。

昭和十二年（1937）九月

一

我
的
思
考

日本战败，使我更加切实地感到我生活在现在的日本。对于我来说，较之政治方面的愤恨，更多的是来自内心的哀伤。我的工作逃脱不掉这样的哀伤。

还有，稍稍观察古代美术，关于时代艺术的命运有了更加明确的感触。自打明治三十二年（1899）我出生以来，就一直逃脱不掉。能说是作家幸福的时代吗？对此我很怀疑。

我们年轻时候，通过翻译阅读了十九世纪至二十世纪初的小说。其后，可以认为小说已经开始颓废而崩溃。抑或美术也是如此。明治以后，由于不同传统的西方文学的传入，日本的文学获得急速的发展和变化，但时至今日尚未成熟，所以还没有诞生伟大的天才作家。虽说具有天才资质者或许大有人在，但其作品都没有结成硕果，这就是时代的命运吧。

在日本，从自然主义作家以后，小说就开始显现出颓废与崩溃。白桦派作家以后，小说依旧受挫，也许可以看作解体。此时，正处于战时和战败时期，从锁国到欧化的日本小说尚未走过西方那般进入现代的历史，没有负载传统，所以即使回应今日西方小说的不安与苦闷，仍然保持不同的日本的基础。因为败战而意外地确定了日本文学的基础。因此，日本文学加入西方文学还有待于将来。这是显而易见的事，但作为现实作家的一员考虑，那就只能认为是奇矫的命运造成的。

然而，我们并不想遵照这样的命运生存下去。站在西方小说同一出发点上考虑，自然淡薄起来了。被引入西方文学精神的悲剧，对于我来说并不深刻，我还没有真正掌握，也没有被渗透到身上。明治以后的作家，虽然不能一概看作是西方文学未成熟的牺牲者，但能称作真正牺牲者的人实在很少。

　　优秀的艺术作品大多产生于文化烂熟并趋于颓废一步之前的时期。镰仓时代与室町时代，或许也有作家的天分并不逊于紫式部的人，但并没有出现一部赶得上《源氏物语》的小说。这或许是时代的命运吧。

　　必须有待于江户的西鹤时代，但直到今天，谁也没有写出可以企及《源氏物语》的小说来。

　　自藤原氏执政末期至镰仓、室町，小说都在模仿《源氏物语》，这种衰弱的景况使我黯然神伤。《源氏物语》时代日本人写小说的才能到哪儿去了？然而，这就是历史事实。即使在一个时代里，这样的事实也存在。在《源氏物语》的时代，写汉文的男人们的文学天分未必都不如紫式部。还有，假如没有自上一代起唐文化持续不断的传入，也就不可能产生《源氏物语》。不过，紫式部因为对唐文化的接受很肤浅，所以才能写出一部《源氏物语》来。后世也不是没有人看到这一点。

镰仓、室町时代的小说，较之藤原时代更加败坏了。然而，就其镰仓、室町时代各自的文化来说，新形式的文学虽然不够完善，却也兴起了。另外，日本文学的潮流也许应该走和歌之路。纵然如此，镰仓的《新古今和歌集》却似乎描述了和歌传统与时代生活间的阴暗一面。继《新古今和歌集》之后，至芭蕉俳谐或许是一段飞跃。东山时代宗祇等人的连歌，又是如何一番景象！

　　因当时国家与时代差别，作家的才能在不少地方同命运结合在一起，甚至作家使用的语言都是如此。明治以后，日语获得生气与自由，变得更加丰富多彩，但也逐渐变得麻烦了。我们真不知为此吃了多少苦头。我在读高中时，曾经亲近罗马字运动。直到如今，有时候还利用罗马字理论解决日本语的难点。我并非一概反对日语用罗马字书写。对于现今使用的新假名以及限制汉字不一定反对。但使用新假名和限制汉字，不是改良国语，只不过是使其平庸化，而且是极大的破坏。

限制汉字，倒是可以限制一些新造的词语，但是如果使用罗马字，更可以限制新造词语，从而实行全部词汇改革。明治以后，我们受到那些拆拼汉字而造出新词语的不幸统治，为了尽量躲避汉语汉字，我深为写作文章而苦恼，丧失了众多的美感，为此付出了牺牲。至于术语、名称，还是不能完全避免使用汉字。当时规定不能时常使用古风的文体和异样的文体。很早以前，汉字就成了日本字，然而，在将西方术语翻译为汉字的日语上，我们虽然吃尽苦头，却也不足为怪了。

　　初中时代，我按照发音读了藤原等人的文章。这些一生都不会离开头脑。我既想过用一听就明白的语言写作文章，也曾想过用罗马字写作文章。我想尽可能使用纯粹的日语。使用罗马字，实际上只能出自对国语的爱。但国语混乱、污浊、令人迷惘，或者说充满粗野的活气。就是如此状态的国语，凌驾于今日作家的头上。

　　我没有学好外语，我的文章或许找不出欧美的脉络。今后，我依旧会倾向于日本风格的传统主义和古典主义。败战反而强化了这番心情。作为一名日本作家，这是当然的趋向。

昭和二十六年（1951）八月

一

临终的眼

竹久梦二氏为了在榛名湖建筑别庄，那年夏天还是到伊香保温泉来了。前些天，古贺春江氏头七的晚上，大家对深受妇女儿童喜爱的插图画家品评起来，不由谈论到往事，满怀热情地怀念着梦二氏。正如席间一位画家栗原信氏所说，在自明治至大正时期的风俗画家或情调画家之中，梦二氏都是非常优秀的。不仅少女，就连青少年，还有上了年岁的男人，都打心底受到他的绘画感染。在风靡一世这一点上，现今的插图画家远远赶不上他。梦二氏的绘画和梦二氏本人经年累月无疑都在发生变化，但我少年时怀有同梦二氏结为一体的理想，很难想象出他衰老的姿容。正因为如此，伊香保初会的情景实在出乎我的意料。

梦二氏虽说是颓废派画家，但颓废加速了身心的衰老，他的身影形象令人目不忍视。颓废虽然是通向与神明相反的路径，实际上却是一条近道。假若我能就近审视这位颓废早衰的大艺术家，我将更加难过。这副身影在小说家中很少，日本作家中几乎没有。如今的梦二亲自说明了他是一个至为单纯的人，走过的绘画之路并非属于正统，给人的印象是迂曲不平的。作为艺术家，他经受过无可名状的不幸，作为人这或许是一种幸福。不用说，这是谎言。不容许使用这类暧昧的语言，但这里不妨妥协一下。如今的我，也觉得凡事不必太在乎，宽容为好。作为人，较之生更多知道死，所以才能活到现在。"通过女人同人性和解"，才会产生斯特林堡的恋爱悲剧。我们不便劝说所有的夫妇都离婚，因此，不巴望自己做一个真正的艺术家，反而更合乎自己的良心，不是吗？

在我们周围，广津柳浪、国木田独步、德田秋声等人尽管都是小说家，但他们或许没有一人希望有个当作家的孩子。我以为，艺术家不可能产生在一代人中，父祖的血经过几代人才会绽放一朵鲜花。当然也有例外，查一查现代日本作家，多数人都是旧家族出身。阅读妇女杂志等流行读物，走红女优的传记和成名的故事，就能知道她们人人都是闺阁小姐，在父祖时代家道中落。真正出身寒微的姑娘一个也没有。情况如此相似，令人怅然若失。如果说电影公司那些玩偶般的女优也能被当作艺术，那么她们的故事也未必是出于虚荣和宣传。虽然旧家代代艺术的教养传承下来能造就作家，但另一方面，旧家的血统大都病弱，犹如残烛的火焰，就要熄灭了。这种血统在眼下只是回光返照罢了，作家也不例外。这已经是悲剧了。不可能指望作家的后裔幡然崛起。实际例子超出诸君想象，雄辩地证明了这一点。

像正冈子规那样一边喘息于死亡的病苦，一边进行激烈的艺术战斗的人，不愧为优秀的艺术家。但我不想向他学习。我一旦躺在死亡的病床上，就想忘掉文学。倘若不能忘却，就祈祷排除妄念，尽管目前还做不到这一点。在现今的世界上，我无依无靠，孑然一身，过着索漠的日子。有时也嗅到死亡的气息，这并不奇怪。回想起来，我没有写过像样的作品，当我有一天，脑子里拼命想写出一部像样作品的时候，即使想死也死不了了。然而，心机一转，就又立即迷茫起来。我曾想过，假若没有留下任何有用的东西，反而在通往安乐净土的道路上没有阻碍。我远离自杀的原因之一，就在于以死为死这一点。我这么写，肯定是谎言。我绝没有同死打过照面。一旦到那时候，我抑或还会虚无地颤抖着我的手指继续写稿，直到最后一息。然而，芥川龙之介死时，像他这样有作为的人也在说什么"我这两年净是考虑死的事"。他为何还要写下《给旧友的信》那样的遗书呢？实在没有想到。那封遗书，我以为是芥川氏之死的污点。

眼下，我一边写这篇文章，一边阅读《给旧友的信》，立即觉得没有什么。我觉得芥川氏他本想说自己是个凡人。芥川自己在附记里写道：

我阅读恩培多克勒的书，深感成神的欲望是多么迂腐。我只要想到这封信，就不会泛起成神的愿望。不，我只希望做个平凡的人。你还记得二十年前在那棵菩提树下，我们互相畅谈"埃特纳的恩培多克勒"的情景吗？我就是那时候一心巴望成神的人。

然而，他在本文的最后写道：

所谓活力，事实上只不过是动物性力量的代名词。我也是一只人兽。不过，一旦倦于食色，就会逐渐失去这种动物性力量。我如今居住在冰一般透明的、有着病态神经的世界。昨晚，我和一个妓女商谈她的要价（！），我切实感到我们人类'为生存而活着'的悲哀。如果能够甘于永眠，即使不会为自身求得幸福，那么也一定能够赢得和平。但问题是，我何时能断然自杀呢？大自然在我眼里比寻常更加美丽。既热爱自然之美，又一心企图自杀，你一定在嘲笑我的这一矛盾心理吧？不过，自然之美，只会映在临终者的眼睛里。

修行僧的"冰一般透明的世界"，燃烧线香的声音，听起来像房子起火；灰烬掉落的声音，听起来像炸雷。或许这是真的。一切艺术终极的意义就是这双"临终的眼"。芥川作为作家，作为文章能手，我不太尊崇他。其中，有着"我远比他年轻"这种少年般的安心。保持着这种安心，我不知不觉到了接近芥川之死的年龄，愕然感到，要重新审视故人就必须封死自己的嘴巴。这是经常会有的，一方面自感羞愧，一方面又安享于别一种安心，以为自己还远不会死。然而，阅读芥川氏的随笔感想，他绝不停留于"博闻强记"之类诈术的魔剑。还有他临死前的《齿轮》，发表时是我衷心膜拜的作品。说起"病态的神经的世界"，还是芥川氏的"临终的眼"最为感人，具有踏入狂乱世界的恐怖。因而，将"临终的眼"赋予芥川的要因，要么是他考虑两年后自杀的决心，要么一直潜藏于决意自杀的芥川氏的心底，此种微妙的交错，似乎超出精神病理学，可以说是芥川赌命购买下来的《西方人》和《齿轮》。横光利一发表自己或于日本文学界具有划时代意义的杰作《机械》的时候，我曾说过，"这部作品使我感到幸福，同时也使我感到深深的不幸"。我之所以这么写，一方面是羡慕朋友的作为，表达祝福之意；更重要的是感到某种不安和朦胧的忧虑。我的不安大都散去，他的痛苦却在加剧。

"我们最优秀的小说家们时常是实验家。""不论是散文还是韵文，所有的规范，其起源都来自天才的作品。关于这一点，读者诸君务必给予注意。倘若我们已经发现所有最佳的形式，那么，我们便可以通过对伟大作家们的研究，得出这样的结论：他们多数当初都是偶像的破坏者或圣像破坏者。此种超出文学法则以上的破坏，存在于传统之外，故而，虽然可以受到谴责，或应该寄予假设，这样一来，就阻止了我们的文学的成长。

而阻止成长的东西是一种死亡之物。我们必须心甘情愿地承认这一切。"（J.D. 贝雷斯德《小说的实验》，秋泽三郎、森本忠译。）实验的出发点，即便稍许有些病态，也是快乐而充满活力的。"临终的眼"虽说仍然是"实验"，但多是和死的预感相通。

"我做事不后悔。"我虽然不是时时刻刻努力奋斗，但由于令人气馁的动辄遗忘和缺乏道德的自省精神，我一向抓不住后悔的恶魔。然而，后来想想，所有的事件，该发生的发生了，该实现的实现了，其间，没有任何不可思议之处。说不定有神助吧？这或许是人的可哀。往往出现即将到达夏目漱石的座右铭"则天去私"的瞬间，例如死，本不该死的人也被迫而死，那时就会想到，到头来人总归一死。优秀的艺术家，时常在自己的作品里预告死亡。这就是说，创作无法用今日的科学将肉体和精神切割开来，其可怕之处正在于此。

我早有两位优秀的艺术家朋友，我同他们幽

冥异处。他们就是梶井基次郎和古贺春江。同女人之间虽然有生离死别，但艺术之友仅有死别，没有生离。作为朋友，我从未打算和众多故旧割断来往和消息，或者同他们吵闹而分手。易于遗忘的我，纵然撰写关于梶井和古贺的追念文章，也必须向故人身边的人们或者向我的老婆不住问这问那，否则我就无法刻画出他们具体的印象。然而，关于死去的朋友的回忆，虽然容易为人所接受，实际上大多不值得信赖。我对小穴隆一说明芥川龙之介之死的《两幅画》，其文字的激烈感到怪讶。芥川说过："我尽管对两三位朋友从未讲过真话，但也没有撒过一次谎。因为他们从未对我撒过谎。"（《侏儒的话》）虽然我不认为《两幅画》是谎言，但塑造典型的小说作者，越是努力实现真实，反而距离典型越发遥远。这不是诡辩。安东·契诃夫的手法，詹姆斯·乔伊斯的手法，都不在于典型本身。这一点，没有什么异样。

　　一切文学的种类，都产生于词或某种

特殊的使用，小说为了将一个或几个虚构的"生命"传达给我们，可以滥用语言直接表达意思的能力。而且，它能够设定这些虚构生命的作用，规定时间和处所，叙述事件，通过充分的因果关系将这些连接起来。

诗，直接使我们的机能活跃，在听觉、音声之形以及富于律动的表现期间，实施正确的、有脉络的联系，亦即使和歌作为极限。与此相反，小说却在我们的内心世界耸立起一般的、不规则的期待，即我们对于现实可能实现的期待，并使之持续下去。就是说，作家的技术类似现实中可能实现的演绎，或此类事普通的顺序。还有，诗的世界是言语装饰和灵感相结合的纯粹体系，本质上闭锁于自己的内里，以求完整。与此相反，小说的宇宙，即使是幻想的东西，也要使之连接现实世界，宛如实物绘画一般，使得参观者看上去仿佛往来附近所接触的事物。

小说家野心勃勃一心追求的对象"生命"

与"真实"的外观，是小说家纳入自己计划的观察——亦即关系到可以认知的诸要素的不断导入。真实而任意的细部纬线使得读者现实的生存同作品中各种人物假性的生存相接续。从而，这些模拟物屡屡带有不可思议的生命力，通过这种生命力，这些模拟物在我们的头脑中和真正的人物相比较。不知不觉间，将我们心中所有的人物附载于这些模拟物。这是什么原因呢？因为我们生存的能力本来就含有滋育别物的能力。我们附载于这些模拟物的越多，作品的价值就越大。

——瓦莱里《普鲁斯特》（中岛健藏、佐藤正彰译）

梶井基次郎已经死去三年了，后天就是古贺春江的"四七"，我还不能写他们两人的文章。但我并不因此把他们想象为坏朋友。芥川在《给旧友的信》中写道："我很可能自杀，就像病死一般。"他老是想死，其结果还是觉得病死最好。

不论如何厌离现世，自杀都不是理智的姿态。即便德行很高，自杀者也远离于大圣之域。梶井和古贺虽然隐遁度世，实际上野心勃勃，他们尽管都是无与伦比的好人，但这两人，尤其是梶井，仿佛恶魔附身。不过，他们依旧带有显著的东方或日本的特点，他们并不期待死后我的回忆文章吧。古贺也很早就想自杀了，他平日的口头禅就是，死是最高的艺术，死就是生。在我看来，这并非西洋式的对死的赞美，生于寺院、毕业于宗教学校的他，有着深深的佛教思想表现。古贺也认为病死是最好的死法。全然回归于婴儿，高热持续二十余日，像睡眠一样意识不定，之后才断气，这或许是他的本愿吧？

古贺氏似乎多少对我寄予好意，不知是何原因，我不太明白。或许看我时常追逐文学的新倾向、新形式，是个探求者吧。人们认为我爱好新奇，关心新人，我甚至因此享有"魔术师"这一光荣的称号。果真如此，这一点倒和古贺的画家生活相似。古贺不断立志于先锋派创作，努力发挥进步作用，他为这种想法所驱使，看起来其作风有些变幻无常，因此，有人像看待我一样，同样将他也看作是"魔术师"吧。但是，我们果真像魔术师吗？也许对方是出于一种蔑视吧。被称作"魔术师"，我有点沾沾自喜，因为我的哀叹无法反映到对方盲目的心里。如果他真这么想，那他就是被我耍弄的呆子。尽管如此，我却不是为了耍弄人而玩"魔术"的，只不过是同胸中的哀叹略作战斗罢了。我不知道人家为何这么叫我，非凡的野兽般的洋人巴勃罗·毕加索——且不去说他，就是和我一样身心共弱的古贺氏，也与我不同，继续创造大作、力作，他胸中不曾掠过类似我的那种哀叹吗？

我固然不能理解超现实主义的绘画，假若古贺那些带有一定主义的绘画富有古意，那么，大概就会带有东方古典诗情的毛病。遥远的憧憬的水雾漫过理智的镜面。理智的结构、理智的逻辑与哲学要素，局外人从画面上很难读出，但面对古贺的绘画，我总能感觉到遥远的憧憬以及微微的虚空的扩展。那是超过虚无的肯定，因此与童心相通。类似童话的绘画很多，不是简单的童话，而是来自童心、令人惊讶的鲜丽的梦想，非常合乎佛法。今年二科会[1]的展品《深海的情景》，其中妖艳的阴森意味很吸引人，由此可见，作者仿佛要探寻幽玄而华丽的佛法的"深海"。同时出展的《马戏团一景》中的虎看起来虽然像猫，但在作为素材的哈根百克马戏团里，那只看上去非常温驯的老虎反而更能使人心动。画面本身不正说明这样一点吗？作者虽然要借助虎群的数学结构，但他在自己的绘画里所要表现的，正是一种异常静寂的气氛。古贺将西欧现代的文化精神，大量吸收到自己的制作之中，但佛法的童歌总是在他心底流荡。这就是明朗而美丽的童话般的水彩画中，也含有温润和静寂的缘由吧。那古典的童歌也和我的心灵相通。或许我们两人是通过崭新面颜背后的古歌相互亲近的。因此在我这里，对他

1　二科会，1914 年由石井柏亭、有岛生马等人结成的美术团体。

某年在波尔·克莱埃影响下制作的绘画，理解得最快。长时间就近观察古贺绘画的高田力藏曾在古贺水彩画遗作展上说过："古贺先由西欧风色彩出发，后来转移到利用东方色彩，然后再回到西欧色彩。据说最近又恢复到东方色彩，就像《马戏团一景》等画作一样。"《马戏团一景》是他的绝笔画，其后在岛兰内科的病房里，他只在色纸上作画了。

他住院以后，每天都作色纸画，一天多达十幅。那副身心怎么还能作画呢？医生固然感到不解，为何还要作画呢？我也觉得不可思议。中村武罗夫、楢崎勤和我三人到佐佐木俊郎家里吊唁的时候，看到骨灰盒上摞着四五册他的作品集。我不由长叹一声。古贺春江氏本来是水彩画家，他的水彩绘具和画笔都纳入棺内了。东乡青儿看到这些就说："古贺到那个世界去，还要他继续作画吗？太可怜了。"古贺又是文学家，更是一位诗人。他每月都买齐同人杂志阅读。一般来说，文人都不大买同人杂志。我相信，古贺的遗诗总有一天会被时间所热爱的，再说他自己也很喜欢文学。因而，给他带去他所爱读的书籍，陪伴他冥间之旅，他大概不会有意见吧？不过，画笔或许会给他造成麻烦。我回答东乡说，古贺那样喜欢绘画，没有绘具，他手头无事可做，会感到寂寞的。

东乡青儿再三写过他对古贺春江的死有预感。他说今秋二科会的展品鬼气逼人，阴森可怖，看来他早就感觉到古贺将不久于人世。外行的我不懂得这些，但听说一切就绪就前往观看，面对一百零三幅力作，我清楚地知道了古贺的病情。我惊呆了，一下子很难相信。例如，据说他画最后那幅《马戏团一景》时，已经没有体力涂抹底色，手里握不住画笔，仿佛要同画布战斗，全身像要撞击在画布上。手掌狂暴地乱涂一气，甚至遗漏长颈鹿的一条腿都没有发现，泰然自若。如此创作的画，为何会那般静寂呢？像《深海的情景》，他用一支细密的画笔，但手不住发抖，不能写出整齐的罗马字，署名也是高田力藏代写的。绘画手法细致，写字则粗狂无序，这是一种超自然的力量使然。

　　听说他在绘画同一时期写的文章支离破碎，词语脱落，颠三倒四，十分严重。完成一幅画，仿佛就要和这个世界告别。他回阔别已久的故乡省亲，回来就住院了。他从故乡写来的信，也叫人莫名其妙。住院期间，他继续在色纸上写诗作歌，我曾建议夫人誊清后发表出来，谁知看惯丈夫字体的夫人也一时无法判别，像猜谜一般，苦不堪言。她凝望多时，不知何意，思绪奔涌，自己也感到头痛起来。但是另一方面，色纸上的绘画却很端正，即使笔画次第紊乱，也显得整齐划一。身体衰老，绘就了名副其实的绝笔色纸画——只是涂了一些颜色，却不成形，意味难明。到了如此境地，古贺还想彩管再握。就这样，在所有的身心力量中，他的绘画的才能延续最久，直到最后死去。或许亡骸之中，还有一脉绘画的余息尚存吧。

　　举行告别式时，有人提出将他的色纸画悬挂

出来。但有人反对，说这有点类似以故人的悲痛作为嘲讽对象，因而中止了。绘具和画笔纳入棺材，或云不是罪愆吧。对于古贺来说，绘画无疑是解脱之道，同时又是堕往地狱之道。所谓天惠的艺术才能，也是一种善恶报应。

写出《神曲》的但丁的一生都是悲剧。瓦尔特·惠特曼给来客看了但丁的肖像之后，曾经说过这样的话："这是一张摆脱世俗污秽的脸。他为获得这张脸，得到很多，也失去很多。"话题扯远了，竹久梦二为了创作一幅富于个性的绘画，他同样"得到很多，也失去很多"。随着联想的飞跃，顺便再举出一个石井柏亭吧。在柏亭五十岁生日的贺宴上，有岛生马即席发言，一个劲儿开玩笑地说："石井二十岁不惑，三十岁不惑，四十岁不惑，五十岁不惑，或许刚生下来的一瞬间就是不惑的吧？"柏亭的画道若是不惑，那么梦二数十年如一日的画也是不惑吧？有人会笑话这种唐突的比较。梦二的画风似乎被梦二的宿命所决定。假若将年轻时期的梦二绘画看作是"漂泊不定的少女"，那么，如今梦二的绘画也许就是"无家可归的老人"。这也是画家应该觉悟的命运。梦二的乐观毁灭了梦二，但也拯救了梦二。我在伊香保见到的梦二，已经白发幡然，肌肤松弛，显出一副颓废早衰的老人相，依旧富于活力的只有那副眼神了。

这位梦二和一群女学生到高原采摘花草，快乐玩耍。为女孩子们画画。这正是梦二的自然之态。我看到这位性格一贯如此的年轻老人，看着这位幸福与不幸的画家，不管梦二画中的欢乐或悲哀的真正价值如何，我都被艺术的寂寥之感所打动。梦二的画对社会的影响力是巨大的，同时对画家自己的损害力也是非凡的。

伊香保会见数年前，我曾经被芥川龙之介的弟子渡边库辅拉去访问梦二的家。梦二不在，一位女子端坐镜前，那姿态完全和梦二绘画中一样，致使我怀疑自己的眼睛。不一会儿，她站起身来，一手扶住玄关的障子门，为我们送行。她的言语动作，一举手一投足，仿佛都是从梦二的绘画中脱出来的。正因为如此，使我一时说不出话来，连什么不可思议之类的词语也失去了。画家换了恋人，画中女子的面容也变了，这是惯例。小说家也一样。即使不是艺术家，夫妇不但面容相似，连思想也趋于一致。这种现象一点也不奇怪。由于梦二绘画中的女子各具显著特色，更加鲜明地体现了这一点。那些在画中都不是凭空得来，而是梦二在自己的绘画中对于女体准确描摹。我感到这是艺术的胜利，抑或也是一种失败。我在伊香保想起这件事，从梦二衰老的姿影里，我看到他作为艺术家个性的孤高与凄清。

后来还有一次，我被奇异的女性人工美所打动，那是在文化学院的同窗会上，见到宫川曼鱼氏的爱女的时候。我在那次带有学校氛围的现代千金小姐们的同窗会见到她，十分惊讶，以为是装饰着一个江户时代风格的偶人。那副打扮既不是东京的雏妓，也不是京都的舞子；既不是江户下町少女画，也不是浮世绘；既不是歌舞伎中的花旦，也不是净琉璃的人物道具。然而，每一种又多少兼而有之。这是曼鱼江户趣味活生生的创作体现，今世无双。他是如何殚精竭虑创造出这样的女儿的呢？真是美艳极了！

　　——以上本来作为本文的简短序言，但不由地拉长了。起初是以"谈谈稿纸"为题目的。和梦二会面时，我同时在伊香保第一次见到了龙胆寺雄，因而想介绍一下龙胆氏的原稿和稿面上的文字形式，涉及几个作家这方面的情况，试图就小说作法有所获益。谁知序言一写就拉长了十倍。假若当初以"临终的眼"为题，很可能早就另外准备材料、做好构思了。

　　总之，我还是想写一篇"小说作法"的文章，偶尔打开案旁十月号《剧作》，浏览一下申特·J.阿宾写的关于《戏曲作法》的文章。

　　"数年前，英国出版了一本题为《文学成功之路》的书。几个月后，这本书的作者未获成功就自杀了。"（菅原卓译）

昭和八年（1933）十二月

一

纯粹的声音

这是盲人音乐家宫城道雄氏成为上野音乐学校的一名教师后不久发生的事。

　　有一天，我（宫城氏）在音乐学校教筝曲专业学生唱我创作的作品。她们都是女校的毕业生或者年龄相仿的女孩子。且不说她们声音的好坏，一概都是非常纯粹的声音，在我心头回荡。歌曲形式属于朗诵风格，我一边教唱，一边自己仿佛去了天国，好似倾听仙女们的合唱，感到一种无法形容的激动。我曾经在一枚唱片上听过巴赫的康塔塔。这种康塔塔合唱特别邀请少女们演出，曲子也是如此，同一般的演出相比别有一番味道。

但我并未被那次演出所打动。我当时正在构思一首以少女们声音为主的曲子。

这是洋溢着美丽实感的话语。宫城氏将这篇文章题为《纯粹的声音》，他正因为盲目，才把当时的喜悦也称作一种纯粹。这一点，我们也很明白。自己的作品为天国的仙女所歌唱，我欣喜地倾听着，陶醉于迷失自我的幸福之中。这真是个纯洁的时刻。

不是音乐家的我们，听到少女"纯粹的声音"，也想闭上眼睛，陶醉于世外桃源的梦幻之中，这样的事并非罕见。我上小学时，比我低一级的一位美少女的声音也很悦耳。她大声阅读课文，声音清丽，我从她们班的窗下通过，听到了她的嗓音，那嗓音至今依然萦绕于我的耳底。还有，阅读宫城氏《纯粹的声音》这篇文章，我联想起不知何时的一次广播。好像是女学生辩论大会的实况。就是说，东京几所女校各自推选一人组成少女团队，并一一播送她们简短的演说。都是少女，言语幼稚，内容肤浅，多是朗读的口气，自然不是什么演唱。不过，我为女学生们优美的声音感到惊奇。那声音洋溢着甘美的青春气息，较之眼前她们的倩姿，更让人切实感觉到少女的生命。正因为盲目只能倾听声音的缘故。如果一次次放松的不是音乐也不是演剧，而是少女日常的"纯粹的声音"，那多么叫人高兴！幼儿时代还是西方人小孩子的声音更可爱，听到那些住在帝国饭店或夏天的镰仓宾馆西方人小孩唤母的声音，我也返老还童，很想吸一口母亲的奶水了。

少女和孩子们优美的合唱通过舒伯特的音乐影片《未完成的交响乐》等而广为人知。然而，且不说特别的合唱，作为一名独立的声乐家，又是一名少女，也是一名处女，首先难于达到优秀。甜润与丰富均显不足。这不仅限于音乐，所有的艺术都被处女歌唱，而不能自行歌唱。演剧尽管也如此，但在文学中，尤其是成年人女性，以及并非女人的男性，比起处女自身反而更能描绘出处女的纯洁来。这固然是可悲的事，但一切艺术不外乎宣扬人性走向完美之道，此并非可叹。当今日本社会的种种事项，样样阻碍着女性艺术家的成长，这才是可悲可叹的事。——写到这里，我想起那位胖头、厚胸、还有拳击手或大力士的膀子，以及野兽般矫健的法国老女子鲁奈·舒麦，我听过她同宫城氏一起的合奏。

我在一篇小说中这样写当时的印象：

第二场开幕时，就看到那架充满冷淡力学的巨型钢琴不见了，取而代之的是色泽悦目的桐木花纹的竖琴，舞台上摆着一圈金屏风。舒麦将宫城道雄作曲的《春之海》和尺八的音调改编为小提琴曲，在原作者伴奏下演奏了这首乐曲。

一位是法兰西女子，世界级的音乐家，少女时代她每日徒步走过乡间八英里泥土路去音乐教室；一位是天才的日本音乐家，七岁盲目，为支撑全家生计，流落朝鲜京城，开始成为琴师时仅仅十四岁。这两位超越人种与性别合作共演的艺术家，今夜通过和洋两种琴和谐演奏，出现于舞台上的唯有身着印着黑纹家徽羽织外褂和黑色晚礼服的男女二人，他们的表演自然赢得满场暴风雨般的掌声。

乐曲描写了波音、橹声、往来交飞的海鸥的晴朗春之海的景观。而且，西住（小说中的人物）也在心目中描绘了春天的海洋。小提琴奏出了甘美、澄澈的弦音，在倾听日本旋律的时候，他想起了初恋时的纯情。尽管几乎没见过那样的少女，依旧有日本式少女的幻影浮现，邀他回到幼年时代心灵的梦境。

有时小提琴奏出尺八的声音，有时琴弦似乎变成了钢琴，同合奏者的呼吸和谐一致。

鲁奈强劲的臂腕之下，道雄细瘦的手指犹如神经质的虫子，在纤细的琴弦上震颤。

"男女简直颠倒过来了。"西住小声嘀咕着。演奏结束于完美的时刻，他们接受了鲜花，回应了喝彩。退场时，犹如骑士伴随病态少女，法兰西女子给予日本盲人温暖的慰藉。

道雄也抑制不住喜悦，但尽可能不露声色。他就像一位侧耳静听的人，洋溢着沉静的微笑，但却不免漂浮着盲目的迷惘和日本人的谨慎。细弱的臂膀被强健的臂膀所牵引，稍稍前屈的瘦小肩膀被粗大的臂膀紧紧抱住，那种缓缓前行的身姿，人们见了无不泛起日本古典琴曲般的哀愁。

鲁奈男人般的性情，道雄少女般的真情，一点也不讨人厌烦，而是通达崇高艺术之心灵的人们美好同情的展露。听众对于音乐的感性又翻了一倍。不停响起暴风雨般的欢呼之声。

不用说，《春之海》谢幕再演一遍。这回，鲁奈退而作道雄的配角，我主动牵着盲乐人的手出现在舞台上，让他坐在七弦琴前。

有的观众流泪了。此时的宫城氏纯粹的喜悦，诚然可称之为艺术家的神佑。宫城氏在自己撰写的题为《春之海》的文章里称："不论我离开如何遥远，艺术的精神永远不变，我为之深感高兴。"根据这文章透露，舒麦回到法国后，她也说自己做了一项很好的工作。她憧憬日本的古筝，她聆听了宫城氏弹奏的好几支曲子，将她最满意的《春之海》一夜之间改变为小提琴曲。第二天她便到原作曲者的家中访问，演奏。

"仅一次就表达了我想要表达的感情。虽然语言不通，但舒麦和我的心情是一致的。"宫崎氏说。

舒麦希望将这支曲子作为礼物留在日本，因而灌入唱片。这枚唱片上的舞蹈，我看过两三遍。

不过，为了宫城氏的名誉，我把我小说中的印象记重新修改了一下，那是因为现实中的宫城氏未必用"病弱的少女""日本古老的琴歌伴的哀愁"等词语所能形容。暹罗舞蹈团来日公演时，我就近第一次见到了宫城氏，纤细的神经质的身影中充溢着格外强劲的力量。当他同暹罗舞团并排站在舞台的时候，给我留下了迥然不同的印象。

当晚，暹罗公使举行宴会，秩父宫、高松宫及其他皇族出席。妃殿下等为了向远来的舞姬尽一份心意，携带鲜花莅临。国务大臣、朝野名士齐集一堂。但是会场并未戒备森严，很少机会出席此种场合的我辈眼里闪过许多动人的画面：冈田首相的头颅酷似芋头，是个老好人，林陆相比起照片更加和颜悦色。倘若他们对自己国家的艺术家也很敬重，那该是多么令人高兴！暹罗舞蹈团的女演员们大多是女学生年龄的少女。

为了发扬暹罗舞蹈的传统，还需进一步花功夫。身体似我国少女而更加贫弱，然而总有可爱之处。少女的声音如果说是"纯粹的声音"，那么少女的肉体也就是"纯粹的肉体"。在表现整个身体的舞蹈中，尤其是众多露骨解放肉体的西洋风格舞蹈，这种"纯粹的肉体"之美便是最大的感动源泉。不能不指出，女人之美在舞蹈中获得极致的表现。只要女性将肉体之美看作生命，或许只有舞蹈才是女人最渴望的展露。

现今，唯有舞蹈最能直接尊重处女之美。然而，舞蹈亦受限于少女或处女演员之不足。舞女的矛盾横在眼前，苦恼已扎下根来。这个暂不必说，既有"纯粹的声音""纯粹的肉体"，就会有"纯粹的精神"。这是当然的，古往今来，文学上赞美不绝，但少女或年轻姑娘家被称为杰出作家者几乎为零。不仅女人，就连我们男人也颇感遗憾。女学生即便成为诗人，成为散文家，也赶不上小学女生，这是为什么？少女"纯粹的声音"的歌以及少女"纯粹的肉体"的舞蹈，其美丽大都不见于文学作品中。

一般说来，女人比男人会写信。女人的信笺洋洋洒洒，是渺远的真情流露，是活生生的肉体展现。即便写一篇人物印象记，女人的文笔也大多是亲身捕捉被描摹的对象，毫无阻隔地贴近于彼方。阅读无名青年女作者的小说，越是蹩脚，就越发充满女人味。可以看作是"纯粹的精神"的表现。至于少女的纯洁和艺术的关系，对于女性来说，或许是个难解的问题。

昭和十年（1935）七月

一

紫外线杂言

胫毛

我初次从日比谷公会堂二楼，远眺西班牙舞女马努埃拉·德鲁·丽奥的表演。不久，我决然下楼，坐在楼梯口最前排俗称"台角儿"的椅子上。濛濛舞台的尘埃中，我看到跳跃中的马努埃拉汗毛森森的小腿。这时候，她的舞蹈，甚至还有那舞蹈的名字，我都已忘记，但我有生以来第一次所看到的外国女子的腿毛，却记得十分清楚。人生好快乐。

谢幕再演退场时，在一半关闭的幕后，伴奏的钢琴家脸上浮现出冷笑，朝观众席一瞥。他是自嘲自己的水平，同时也是嘲笑日本人的耳朵。

值得谢幕的返场，断不会有此种情况。我的头顶飘荡着他的微笑，感到一种严冷的国辱。

马努埃拉丈夫的吉他演奏，远不如他的钢琴技艺，但眼下妻子为他换了衣服，擦了擦汗。看到此种乱场的行为，我看到日本人的脸上很有光彩，因而对此颇具好感。

天文学

毛拉的《衡量灵魂的人》果然浅显通俗。因为他想使用今天科学实验室常见的烧瓶。

关于灵魂存在论或永恒不灭论的外国书籍，我读过好几种译本，多为我等东方诗人所喷饭。

我最喜欢弗拉马里奥的书，其中一小则故事就优于毛拉的小说。

弗拉马里奥或许是天文学家的缘故，对于一个天文学家来说，用不着实验室的烧瓶之类。

找不到一位将佛典翻译成经典性日语的文学家吗？

赞赏

对于作家来说，受褒扬是件可怕的事。就是说，作家应该主动阻止褒扬的路子，当别人千方百计褒扬你的时候，或许那就只能自杀。

请勿作庸俗理解。所谓褒扬，这一手对作家、对社会都是无用的证据。

形体

连续不断的失眠几乎使我发狂，其痛苦有的地方稍似芥川龙之介。某夜，偶然想起，芥川氏倘若身体彻底垮掉，他或许不会死。

即使身体垮了，《齿轮》等小说终非别人所能企及，不是吗？

然而，身体果然会垮吗？还有，所谓身子垮了，到底是怎么回事呢？我还不到真正尝受那般痛苦的地步。

小说

例如，说女人较之实际写得更好，或较之实际写得更美，那就是混账话。能和小说一道睡觉吗？

必须记住此种谎言之梦，至于小说家空想之类，没什么了不起。

看看富士山，自古以来，真不知有多少万人描摹、歌颂。但富士山巍然耸峙，无限丰富。就连飘落于地面的一片红叶，也是如此。

昭和十一年（1936）一月

哀愁

近来，妻子在练习声乐（已成定例），眼下还在客厅里不停地唱歌。因为歌声是走动的，估计是在大扫除吧。一出手就唱得这么好。妻子的嗓音真不错嘛，我感到惊讶。青春女性甜美的歌声令人身心欢愉。——带着如此美好的心境醒来，歌声依旧声声可闻。

当我明白过来那不是妻子的声音，是在不少日子之后。

我躺在被窝里呼叫家人，询问那歌声是来自家里的收音机还是附近的留声机。妻子在餐厅里回答：

"是海边的海水浴场在放唱片。每天都是如此，你怎么不知道呢？"

我只有苦笑，但依然保持愉快的心绪，听了老大一会儿。不久，转换成那首老调子的流行歌，遂即扫了兴，起来了。

　　正午已过。

　　我听见歌声时或许已经半睡半醒了，是不绝的歌声把我吵醒的。可我的头脑一直认为那歌声是在家里。因此，我似乎在梦中听到妻子练习声乐。

　　我一直在做关于妻子的梦。

　　我每天的习惯是伏案工作到凌晨四时，然后躺在被窝里看一两个小时的书，打开挡雨窗，放入晨风睡觉。眼下正是盛暑时节，白日梦醒，实在难熬。

　　今天早晨听到歌声，心情舒畅，随之起身了。这是一种幸福的心境。在幸福的美好情绪中，想到自己不就是格外幸福的人吗？

　　我的梦作为音乐之梦，是极其幼稚的梦。至于文学，是无法让人做出这样的梦的。我经常梦见读了点什么，写了点什么，但醒来之后很少为自己的梦而感到惊讶。吴清源曾对我说过，他在梦中梦见一步妙招，醒来下棋时用上了这一手。梦中写作的我比起现实中写作的我，似乎更富有灵性。这使我梦醒后甚感惊奇。我一方面因心中依然有可供汲取的泉水而感到慰藉，一方面又因自己基本上不能把握生之源流而充满哀伤。梦中写作虽然荒诞无稽，但也不能断定丝毫看不到赤裸的灵魂飞翔。很显然，凝聚在生活中的悲惨和丑怪在梦里缠绕在一起。

倘若我对音乐稍有亲近，海水浴场的流行歌表演尽管在梦中出现，也不会因之而心情愉悦起来。我不懂音乐。我活到这么大年纪，应该考虑一下是否要在不懂音乐之美中度过一生了。我也曾想过，为了通晓音乐，付出再大的牺牲都可以。这话有点太过分了，不过，我痛感单凭趣味和爱好品尝的美是有限的，接触一种美是命运的邂逅，短暂的一生所懂得的美也是极微量的。我也时常思忖，一个艺术家一生创造的美能达到何种限度呢？

例如，画商拿来一幅画，我要是感到同它有缘，那是幸福。但是，我无法深刻理解那幅画的美，也是挺尴尬的事。而且，也要为这幅画考虑，能否遇到这样一位内行的人，他能将这幅画所具有的美毫无保留地汲取吗？这样一想，就会陷入一种无凭无据的迷惘之中。

当然，高价的名画是不会送到我们这里来的；而且，我也不会巧遇我所会心的画。但在自家所看到的绘画，只有浦上玉堂以及思琴等留在心中。两幅都是小品，但很不容易买到。

我也不懂美术，一如我不懂音乐。我并不认为我没有理解美术的素质和能力，我只想强调我未能看到更多好的东西和耻于教养不足。我很久以前就发觉自己这种始终不以为然的愚执了。

纵然我没有掌握姊妹艺术，其实我的职业领域——文学的情况也与之近似。我自己既熟悉又安心操持的就是写小说这一行。即便小说，因时代和民族不同，理解得也不充分。至于诗歌，就是对同一时代、同一国内的知己密友的作品也很难准确把握，所以我从未写过评论诗歌的文章。如此回顾起来，小说就看得很远很透吗？这也是个疑问。所谓普遍观察，任何人都做不到。论及小说，只能说我的眼光既不广也不深。

年近半百，如此的慨叹，伴随我的只是冷酷的恐怖。

当然，这不是现在才开始的慨叹。我很早就意识到自己的缺陷，同时也找到了遁词。就是说，自己因为熟悉艺术这一行，不很清楚的事也自然会弄个明白。倘若观察同艺术无关的自然、人生，不明白也就只好不明白了。于是，我稍稍懂得了对事物弄不明白那也是一种幸福。

这种遁词当然是幼稚的，不辨是非。这种说法倘若用在那些强调越明白就越不明白的人身上，或许还有某些意义，但对于徘徊于懵懂之前、手足无措的我来说，只能是遁词。我虽因不懂艺术而感觉不到幸福，却可以因不懂自然和人生而感到幸福，这是事实。这种说法固然有种随意的飞跃，但却是事实。而且，我作为作家，有时于不安和不足之中感受到生之安然与满足。很难说这是丧失意志的微弱哀叹。

我一直认为，日本人没有力量感受真正的悲剧与不幸。战争期间，尤其是战败之后，这种看法越来越坚定了。没有感受的力量，也就等于没有感受的本体。

战败后时代的我，只好回归日本自古以来的悲哀之中。我对战后的世相、风俗，一概不予置信。我不相信现实中一切东西。

我或许远远脱离了现代小说的根底——写实主义，似乎本来就是如此。最近，我读罢织田作之助氏的《土曜夫人》，开始校对自己的作品《虹》，我惊叹于相似的地方很多。这不是来自同一悲哀的源流吗？《土曜夫人》含有一种追逼自我的力量，乱花荫里掩藏着作者悲戚的心灵。这种悲戚与我悼念作者之死的悲戚，合流在一起了。

战争期间，我坐在来往于东京的电车或灯火管制的寝床上，阅读《湖月抄本源氏物语》。我忽然想到，在灯光暗淡、晃动不止的电车上，阅读如此细小的文字，对眼睛十分不利。当时，又时时夹杂着对于时势反抗的讽刺。在横须贺线战争色彩逐渐浓烈的时候，阅读这种王朝时代的恋爱故事，似乎有点滑稽可笑，但没有一个乘客感觉到我的时代错误。我甚至有一种玩笑的想法，途中万一遇到空袭而受伤，结实的日本纸还能用来包扎伤口呢。

于是，我阅读这则漫长的故事直至二十二三帖，将近书的一半时，日本投降了。《源氏物语》奇妙的阅读方式给我留下深刻的印象。我在电车上，发觉自己时时恍惚陶醉于《源氏物语》之中，感到非常惊奇。当时，战争受害者和疏散者犹如捆绑在一起的行李，一边躲避空袭，一边在焦臭的废墟上无规则地朝前移动。单是这样的电车和我的如此不协调固然令人惊讶，而千年前的文学和我的协调更加使人不解。

我很早，从初中时代就啃读《源氏物语》，这段经历给了我很大影响。其后，零零星星也读过，但从未像这一次那般投入，那般亲近。也许得力于以往那种使用假名字母的木版印刷本吧，试着同小号铅字印刷的版本对照着阅读，确实感到味道不同。当然也有战争的因素起作用。

然而，更直接的原因是《源氏物语》和我同在心灵的激流里漂荡，在那种环境里忘掉了一切。我回溯日本，也警觉自身。我在那样的电车上摊开线装书这件事，未免有些骄矜和造作。我的那种表现招致了意想不到的结果。

那时候，我接到不少生活于异境的军人的慰问信，其中也有素昧平生之士。行文大体相同，他们偶然读了我的作品，为乡愁所恼，向我表达谢意和好感来了。据说我的作品使他们想起了日本。这些乡愁，我在《源氏物语》中也感觉到了。

有时，我甚至这样想过，是《源氏物语》灭了藤原氏，也灭了平氏、北条氏、足利氏和德川氏。至少可以说，上述诸氏的灭亡同这则故事并非无缘。

如今将话题岔开，这次战争期间和失败之后，心灵的流水中蕴蓄着《源氏物语》般的哀伤的日本人绝不在少数。

《土曜夫人》的悲戚，《源氏物语》的哀伤，
此种悲戚和哀伤之中，日本风格的慰藉与救赎获
得缓解，其悲戚与哀伤的真实面目，不可与西洋
风格的赤裸裸相对峙。我既未曾经历过西洋式的
悲痛与苦恼，也不曾在日本见到过西洋式的虚无
与颓废。

浦上玉堂与思琴的小品之所以能留在我心中，
仍然是因为具有这种悲伤的调子。

玉堂的是一幅秋夕的杂木林中群鸦会聚的绘
画。虽然同思琴一样，也将红色用于表现悲戚，
但色彩淡薄、晦暗，杂木林的红叶和夕暮天空融
合一体，暮色苍茫，整个画面笼罩着悲凉与寂寥。
这是日本晚秋真正的寥落之相。杂木林和乌鸦之
外，不着一物。眼前一棵大树，稍稍精心绘之。
处处都是寻常树林的写生，几乎没有南画之癖，
自然之趣渗入观者之内心。树林对面似乎有水的
感觉。纵然是清澄的秋日，也许因为日本温湿的

空气润泽着纸面，使人联想到夜露的清冷。这幅画画着一个旅人，夕暮黄昏，寂寂独行于秋日的原野、山端，满身旅愁。没有《冻云筛雪图》那般冷艳，当然也不见稚弱。如果说《冻云筛雪图》表达的是冬日的威严，那么这幅树林群鸦图表达的则是秋令的威严。尽管秋日绘画中的哀愁与寂寥多少带有感伤的调子，而日本的自然确乎如此，这是无法改变的事实。这或许是抱琴浪游的玉堂晚年之作吧。查了年谱一看，原来是四十岁左右时的绘画。四十岁就能画出这样的秀作，令我感慨。看起来，依然带有青春画作的色调。或许是我不懂得画的缘故。假若我保有这样的绘画，于秋夜深沉、工作烦累之余，拿出来欣赏，我将会悲伤寂寥到无法忍受的地步。然而，这并不意味着心灵受创，意志消沉，而只是从远方遥望我的命运的河流。（《冻云筛雪图》于此文作成之后进入我手中。实物不像相片中那般威严。）

思琴画的是一幅少女的容颜，大小相当于两只手掌。那是悲惨、微贱，因哭泣而扭曲的病恹恢的面孔。看上去那悲哀颇为深沉，充满浓烈的爱。一张清纯而可爱的脸孔浮现在眼前。

玉堂的画我看得不多，思琴的画，我只见到这一幅，而且极小，不知是何时所作。但凭这幅小品评论思琴，未免失之武断，但思琴这幅画确实是触动心灵之作，在我看来，这幅画很好地传达出思琴的感情，就像以前贫穷时代的画作，自然有别于玉堂秋林的悲冷。思琴笔下少女的悲悯也格外使我感到亲切。

思琴的绘画，去年十二月似乎在巴黎的画廊里陈列过，唤起各方的评论。"面对思琴的作品，谁也不会冷淡视之。青年画家们看了他的作品按捺不住激动，这是很自然的事。这幅画是这种令人无法忍耐的悲壮感的自白，正像它所表达的那样。云云。"（谢鲁鲁·艾斯提恩努的通信。青柳瑞穗氏译，《欧罗巴》第二期。）但我认为，那种所谓无法忍耐的悲戚，不是什么凄然、壮烈。很明显，思琴并非同号称有艺术血统的凡·高、陀思妥耶夫斯基等令人肃然起敬的大艺术家一脉相承。我看到许多关于思琴的评论，说他焦躁、狂热、偏激、野蛮、残忍、恐怖、神秘、孤独、苦恼、忧郁、混乱、腐败、疾病缠身，等等。这些都是难以避免的夸大的形容词。面对这幅绘画，我感到一切都是虚空。

绘制这幅少女面颜的思琴，固然心情颓唐，却融合于素朴的哀愁之中。虽说属于末世，但切实的爱怜中蕴含着一丝温情。寂寞的孤独谈不上异教的神秘，只能使人感到对肉体的眷恋。一只眼瞎了，一边耳朵聋了，鼻子歪了，口角斜了……思琴在那张面孔上，使用了血色，致使少女留恋地活着。如果像众多评论所说的那样，思琴制作了很多异样的强烈的绘画，那么这张少女的脸，或许就是思琴灵魂真诚素直的滴沥和可爱的展现。

但是，我并不想将这幅小品买下，不是因为乍一看画面龌龊，而是因为我所从事的这种显眼的工作，这幅画似乎加入了我悲情的河流。玉堂的秋景和思琴的少女的悲愁，是文学性的、抒情的，但作为绘画，并不是我最喜欢的。如果能买到西洋画，我依然想要裸女画。

玉堂和思琴的作品都在附近的画商绿阴亭展出过，我借到家里来看了。接连邂逅两幅在心间留下哀愁的绘画，或许并非偶然。

我始终没有提及音乐，我太疲倦了。姑且从我为野上彰、藤田圭雄两位人士的童谣集《云和郁金香》撰写的序文中摘引几句话，其余以后再谈。

　　　悲怆的摇篮曲渗入我的灵魂，永恒的儿
　　童歌护卫我的身心。

日本的军歌也带着悲哀的音调。古歌的旋律堆积着哀愁的形骸。新时代诗人的声音，立即消融于风土的湿气中了。

　　　　　　　　昭和二十二年（1947）十月

一

往事漫忆

一

　　我出生于大阪市天满此花町，孩童时代听闻
了一些事情，我光知道天满天神附近有一条街，
但我从未去过那里。

　　去年，大阪的桝井寿郎对我说，他为了调查
一下我家过去老户籍簿上的记载，去了一趟我老
家所在地，看到了那块土地的现状。他还说很想
带我去看看。我和 M 等人一起参谒了西鹤墓，在
前往京都的道路上，M 劝我去走一趟，说眼下正
是个好时机，但我还是谢绝了。我们从老家附近
经过，M 指着说："就在那里。"我总感到不好意
思，虽然没有人说什么不好，但我还是感到一种

耻辱。

　　自己诞生的土地，有人调查和陪同前往那里看看，这就像一出喜剧。当然，人生是很难避免这样的喜剧的。例如，随着我意外获得诺贝尔文学奖，喜剧也就一幕幕不断发生。既想努力躲避喜剧，有时又对喜剧听之任之。

二

　　听桷井氏说，我出生的土地现在是公园，没有居民，或许是一片草地。那是淀川的河岸。对面的河岸过去似乎是河船的卸货场，七十年前我出生时，从我家里可以观察到河船上有趣的情景。

　　说到这些，我也看见过来往于淀川上下的一张张白帆。初中三年级时那年五月，祖父死了，我孤独一人，被舅父家人收养。那里是淀川沿岸的农村，夏天我和外甥们到河里玩。那是五十多年前了，淀川还只是一条货运水路，便利于行驶帆船。我也曾独自一人到河岸上午休。蹚进齐膝的河水，光着身子躺在沙滩上睡觉。船夫怀疑我是个溺死鬼，将船划到我身边。我在船夫的呼唤中醒来，发现天空和芦苇之间连绵的群帆非常漂亮。

我横躺在阳光里，我很喜欢睡觉。少年时代，我躺在院子里阳光下的石板上睡眠，我爬到院子里的树木上，背倚着树枝读书。我在茨木中学住校时，到河堤上睡觉。二十年代，我在伊豆汤岛温泉住了好长时间，经常到田埂上睡觉。在和暖的阳光照耀下，迷迷糊糊进入梦乡，那似乎是我童年时代最幸福的时光。

大学将要毕业或刚毕业不久的时候，横光利一氏到本乡私人旅馆访友，他经常看到我睡在二楼走廊向阳的地方。"你那副睡姿看起来是最幸福的时候。"横光氏对我说。他的话我不会忘记。

过去晒太阳的时间，如今已经成为出国旅游乘坐飞机时的一种优惠。乘坐飞机全由别人安排，自己没有自由。它只给我感到茫然的自由。外国的天空更美。一到外国，看到和暖向阳的地方，我都很想坐一下，更想躺下来睡觉。

几年前，夏威夷檀香山的垦丁潜庄潜水度假中心，夜晚我躺在走廊上，一边听着娱乐场的音乐，一边迷迷糊糊睡了两个多小时。我在罗马的一家咖啡馆，我在吊在街道树之间的躺椅上做了三个小时的白日梦。

三

六十年前，在老家乡下，一个五十多户人家的农村，我家只有我和祖父两人生活着。上小学时，我独自一人爬上山顶，长久地眺望景色。还有一次，一个人天不亮就摸黑独自离开家门，到那座山上看日出。那是一座低矮的小丘，就在我们村子东头，东侧是一片开阔的稻田和旱地，明净遥远。孩童时代的我为何一次次去观望景色，看日出，独自一人登上荒寂的山顶呢？至今我还记得，我蹲在小松树下边，等待叶子和枝干的颜色变得明亮起来。

回想起来，我与别人有不同的地方似乎是小学时代，或者是上小学之前的幼儿园时代。我是七个月的早产儿，身子弱，一直关在家里。打从幼小时代，我就有直感、有灵感、有觉悟，使之变得愚钝的是学校和年龄。

小学开学典礼，我出生以来第一次进入人群，胆战心惊。人群压挤我，袭击我。我像一枚卷入旋涡的芦叶大哭起来。我害怕上学。因为我，祖父早晨不敢打开挡雨窗。我一听到邀我上学的孩子们向窗户投石头的声音，我就吓得不敢出气儿。

然而，学校受到的教育，几乎都知道了，上学并不好。上小学之前，我就掌握了一半的读写知识。考初中时，虽然我以第一名入学，但成绩年年下滑。这也有旷课的原因在内。不过，学生懈怠于学业是脑子出了毛病。这成了以后的悔恨。

四

我两岁死了父亲,三岁死了母亲,失去双亲。我这个孤儿,只要听到别人谈论我,一切就都会刺疼我。如今七十岁了,尽管已经不再有孤儿的想法,我依旧不能反驳论者。我自身是个过分沉迷于感伤中的少年。感伤一旦渗入内心,就会在心里落下病根。

但是,我的人生有着各种各样的际遇,不正是得益于孤儿的缘故吗?这里不妨说一件挺丢人的秘密,作为天涯孤客的少年的我,睡觉前总是在被窝里瞑目合十,向那些施与我恩爱的人静心祝福。我不断地获得那些人的恩惠。如今,我有时依然在睡床上不由地重复着合掌之癖。我不是祭拜神佛,而是为酬谢恩人。

不光是人,例如诺贝尔文学奖等,我也是偶然获得,只不过是一种机遇。我这句话绝非轻易说出,而是实有其感。日本作家中并非只有我符合这项奖赏,其他还有好几个人,却只有我获得殊荣。而且，在这之前还有过各种机遇，这些我都明白，数不胜数。既有外国人的因素，也有时代的惠顾。

因为获得此项奖赏，抑或将增加各种新的机遇吧。

五

生前召开关于自己的展览会等，这是超越想象以外的事。我正在夏威夷，没有看到。

听说我所不知道的东西也展出了。祖父的字远比父亲的字写得好。父亲死得早，受教于恩师易堂之癖好。父亲临死时在病床上给姐姐和我写下的大字，找遍了全家都未能发现。母亲有一封信，对我来说也很珍贵。

也展出了我的字，是为了增加募捐。那幅字不过是为了消遣。我见过古人的书法，知道自己的字的水平，比起叫人阅读小说更有轻松的地方。

假若我有幸活到八十岁，在那之后，我将努力稍微体察书法精神而下笔书写。随着老龄的增加，倘若果有所得，说不定我将专攻书道。此乃东方之一乐矣！

昭和四十四年（1969）四月

一

水晶的佛珠种种

水晶的佛珠。藤花。雪落在梅花瓣上。可爱的幼儿吃草莓。

我在年轻的时候，大人要我在色纸上写字，我就经常借用《枕草子》的这一段文字。今天的校订本似乎将"雪落"作"雪开始落"，"吃草莓"似乎为"吃草莓等"。然而，少年时代的我，头脑里记得的"雪落"中没有"开始"二字，也没有"草莓等"里的"等"字。我以为还是没有好。比起"雪开始落"还是"雪落"好，在这里音调也好，而且，"草莓等"的"等"字，不可理解为草莓和其他等物，应该理解为"草莓什么的"。一般来说，天真可爱的婴儿吃红色草莓，再加上鲜明的色感，比起"草莓等"，还是"吃草莓"给人的印象更明晰。至于"雪开始落"的"开始"，以及"草莓等"的"等"字，不论是《枕草子》原作者本来就这样写的，还是后代《枕草子》的抄写人另外加的，我都一概认为还是没有为好，这种想法不会改变。

不过，说起草莓，清少纳言生活的时代——十世纪、十一世纪的平安时代，现在我们所吃的草莓，当时筑石板种的草莓自然是没有的，或许就是山野草莓或木莓。我看到吃奶的外孙吃草莓，联想起"幼儿吃草莓"的句子。不，我觉得这种草莓和《枕草子》中的"草莓"不一样，现在的草莓果大、色红、汁浓，是人工水果，缺乏日本传统草莓的逸趣。不过，读了《枕草子》中的"草莓"，现代的人，即使联想起现在的草莓，"可爱的幼儿吃草莓"和九百五十年前的美感是相通的。可爱的幼儿用柔软的小嘴吃着鲜红的草莓。写于九百五十年前的《枕草子》，现在仍然能读出新鲜的印象，传达出清新微妙的感觉。即便如此，将近千年前的古代人和我们阅读《枕草子》的感受和心得是完全不一样的。这也是不得已的事。我们不可能像《枕草子》那个时代的人一样读懂《枕草子》，尽管如此，对于我们来说，《枕草子》和《源氏物语》并非读不懂之书。一旦被翻译过去，西方人也能读懂。不能说不学古典，不懂历史空着手就读不懂《枕草子》。其实，《枕草子》还有更古老的《竹取物语》《伊势物语》等近千年以前的古典文学，读起来还是感到挺容易明白的。这些一律是用日语写的，过于依赖注释和研究，反而会有妨碍通达古典生命的危险。然而，不用说，学习古典和历史并且有所得，可以丰富人生，充实生命。仅凭这一点，你就能感到活得很宽广，仅凭这一点，你就可以感到活得很长久。我在色纸等上面写的"水晶的佛珠"云云，都是照搬《枕草子》中《高雅之物》这一段：

　　高雅之物：身着薄紫的衣服，外面罩上

白袭[1]汗衫。鸭蛋。刨冰里放入甘葛，盛在新制的金属碗里。水晶的佛珠。藤花。……

《水晶的佛珠》，我随便省去了前面部分。所谓"高雅之物"就是属于上乘的、美好的东西。"薄紫的白袭汗衫"是一种高雅的礼服，现今的人很难想象，我就省略了。"鸭蛋"，是家鸭生的蛋。将鸭蛋拿来，放在白袭汗衫和刨冰之间，同后面的水晶佛珠互相呼应，看起来很高雅。"刨冰里放入甘葛，盛在新制的金属碗里。"这里的"刨冰"是碎冰块，就是砍削的冰，冷食店又叫雪冰。如今，刨子这种工具看不到了，似乎是用小刀削制的。"甘葛"是将甘葛草的蔓子和叶子一起煮制的甜味作料。"金属碗"就是金属制造的碗。就是说，将碎冰盛在崭新的金属碗里，再撒上甜作料。这种雪冰还有家鸭的蛋，是我们熟知的东西。至于"雁蛋"[2]"甘葛"和"金碗"，目下已不太为人所

1　自上至下白、白、紫色的三重汗衫。初夏更衣后的姿势。

2　雁蛋，原文亦用此"雁"字。

熟知了。"刨冰里放入甘葛，盛在新制的金属碗里"，用缓慢的语调徐徐说出，比起写在色纸上来说，接着读到"水晶的佛珠。藤花"，使人听起来，更加清脆悦耳，印象鲜明。为了减缩，我把"水晶的佛珠"之前的文字省略了。

再说"水晶的佛珠"，无须多加考虑，清少纳言的平安时代和现代关于佛珠的感觉完全不同。生在明治时代的我们，和生在昭和战后时代的年轻人，也是完全不一样的。现在大多数年轻人，或许都不知道佛珠是什么。佛珠的形状在千年前和现在即使相似，如今也不再会有千年前的佛珠的精神内涵。清少纳言在这里看到外形与色感，就说是"水晶的佛珠"。如果只说佛珠，那么那个时代的佛教之精神、佛珠之精神，就会稍稍含蕴或飘荡于这一词语的内外周围。因此，"可爱的幼儿吃草莓"中的草莓在《枕草子》时代和现代种类就不一样。较之这种不同，"水晶的佛珠"的不同感觉更大。就是说，《枕草子》中"水晶的佛珠"的语感没有原封不动地传达给我们。那个时代不可能原样传承，这是古典的命运。一方面，那个古典时代的人们尚未想到的东西，到了我们这个时代，过多地增添了想象和品赏。外国文学也是如此。例如，日本的浮世绘版画给了西方画家以很大影响，这也是当时的日本人所没有想到的事。

稍稍插入点别的话题，《枕草子》接下去对"虫"的描写也很有意思：

虫有：铃虫。蜩。蝴蝶。松虫。蟋蟀。纺织娘。裂壳虫。蜉蝣。萤火虫。

根据注释，这里所说的铃虫，就是现在的松虫，叫声如"撖其铃，撖其铃"。这里所谓的松虫，就是今天的铃虫，叫起来"铃——铃——"。就是说，铃虫和松虫的名字在《枕草子》时代正好调换了位置。还有，现在的蟋蟀在《枕草子》时代叫作螽斯，而过去被称作纺织娘者则指现今的蟋蟀。顺便说说，裂壳虫在《古今和歌集》里这样写着：

> 海女割海藻，听到虫鸣，常常悲戚而愤
世。

正如这首大家熟知的和歌中所述，这是附着
在海藻上的小虫。蜉蝣，朝生夕死。

"虫"附着在植物叶子上，从铃虫到萤火虫，
按次序罗列虫名，之后是"蓑虫，声音听起来好
可怜"。"磕头虫也好可爱"。"苍蝇自然是可恶的
东西，没有一点可爱之处"。这些虫开头都写得很
短，最后：

> 夏虫可爱又可怜。于灯火近旁，看故事
书时，围绕着书本往来飞旋，实在有意思。
蚂蚁很可憎，不过它身子很轻巧，在水面上
往来翕忽，倒也挺有趣。

蚂蚁身子轻，在水上爬行，文字如此表现，

不愧出于清少纳言的雅静文笔。实际上，蚂蚁能否在水面自由爬行，暂且不论，这里却展示了清少纳言敏锐的感觉。

关于铃虫和松虫的名称，《枕草子》和现在的叫法正好交换了过来。还有，蟋蟀和螽斯也大不一样。这种语言的转化并不少见，现在更是司空见惯。不光是名词，形容词和动词，还有其他词类都是如此。伴随着时世移转，这种语言的转化是必然的，甚至有的是因为偶然的突变造成的。例如我们现在突然出现的、奇妙的流行语，有的是偶然蹦出来的，有的具有产生的必然性，各种情况都有。只要遵循一部分语言自古以来转化的规律，历史、传统还有文学的潮流，只需用一根指头就能触及。有的词语，看起来意思不变，实际上意思是变了的，那就是这个词的灵魂。意思不同，语言也不一样。实际上，同一个词的意思，严格说起来也会因人而具有不同的意思。不，即便对同一个人，同一种词语，也会因临时的条件或者时间的流逝，而使得词语的意思颇为微妙地产生巨大的不同。这里也有着文学的困难与意趣。

比如，当写下"水晶的佛珠"的时候，清少纳言的头脑里存在着什么形状的水晶佛珠呢？是多么大的水晶佛珠呢？我想象，或许就是一般人使用的普通大小的佛珠。《枕草子》里的"水晶的佛珠"究竟是什么形状？又有多大呢？我开始思考这些问题，是去年秋天以后。

在那之前，只说"水晶的佛珠"，至于是什么形状，是多大的佛珠，从来没有想过。头脑里没有清晰地浮现过，只是读着"水晶的佛珠。藤花"。自古以来，存在我们家中并为我们所使用的佛珠，也许在我的头脑里非正式地浮现过。因为我看到过巨大的水晶佛珠。去年秋天，一位京都古美术商给我看了各色各样的东西，其中有大型的水晶佛珠。我被那串可怕的佛珠深深吸引住了。说起大型的水晶佛珠，以前在哪里也曾见到过。这串佛珠是镰仓时代之物，一样的圆形的水晶球，具有古老形状的力量，散发着年代久远的色泽和光亮，似乎蓄积着妖艳与可怖。一颗玉石直径一厘米大，玉石的数目忘记了，或许有一百多枚，戴在脖子上，长度缓缓达及两乳以下。那个时代，这种佛珠并非一般人之物，或为特别的人所持有，具有特别的用处吧。看到这种佛珠，我对佛珠这种东西也想多少知道一些，但也没有调查过。

总之，佛珠使人感觉到神秘的威严。水晶的色泽沉滞，稍稍带有琥珀色，含蕴着深深的底光。我映着商店里的电灯，眺望着佛珠的光泽，又拿到店前的道路上，映着阳光仔细凝望。深沉的光点一粒一粒含吮、闪耀。我想起在檀香山卡哈拉·希尔顿饭店，看到夏威夷明朗朝阳的光芒清晰地映照在玻璃杯上。当然，数百年前水晶佛珠所蕴含的京都晚秋的阳光与此相异。然而，我在檀香山邂逅玻璃杯映照着美丽的阳光，在京都巧遇过古老水晶佛珠的美丽，在这人世所遇见的恩惠是一样的。我虽然向往那样的佛珠，但几百年前持有那种佛珠之人的高深信仰，似乎与之缠绕在一起，对此，我一直敬而远之。我把看到佛珠的感动说给另一位古美术商听，在自己家里，给他看了我所持有的另一时代，即古老的平安时代的水晶佛珠。第二天，他就到饭店来迎接我。这种佛珠的大小，同前一天看到的一样，但形状不同，像算盘珠一般扁平，也像中国算盘珠一样，角儿圆滑。

有幸看到两种佛珠之后，一旦提起佛珠，头脑里就出现这两种佛珠。而且，为阅读品味《枕草子》里的"水晶的佛珠。藤花。梅花瓣上"，反而成了一种妨碍，使我感到这是一种过于强硬的形态。不过，清少纳言经常看到这种巨大的佛珠，不，或者说是司空见惯。因为在王朝时代，僧侣修法或被除恶灵使用大型的水晶佛珠。况且，我略微查阅了手头法具和佛具的书籍，虽然还不能深入理解佛珠，但总的来说，镰仓时代和平安时代这两种佛珠在我心目中留下了深刻的印象。

遇见两种佛珠过了半年之后，我去京都访问古美术商，高兴地看到店里还保有我所记挂的镰仓佛珠，而且感到初见的记忆印象和再见的眼前印象不一样，十分诧异。最先感到初见时的怪异与可惧，再见时的风雅与怀思，初见与再会的半年时间，这佛珠或许使我觉得是亲切之物。神秘的威严自然没有变化，但我保有这种佛珠，我对身边的佛珠不即不离，所谓那种神秘的威严，有着再见时不同的亲情。这佛珠与我有缘相聚，我把这镰仓时代的大型佛珠，可以挂在房内墙壁的一隅，也可以放在书桌上代替文镇使用。这就是可怀念的再见。而且，我早已不把《枕草子》里"水晶的佛珠"置于其中，成为佛珠与我的直接会见。较之记忆中一厘米大的水晶玉石，看起来显得小多了。至于把镰仓的大佛珠当作文镇使用之类事，人们或许以为我狂妄自大、态度傲慢。不过，我也曾经将平安时代的三钴杵[1]当作文镇使用过。

昭和四十五年（1970）五月十七日

1　金刚杵的一种。古印度的武器，亦是密教中象征着打破烦恼之智慧的法器，两端尖头为独钴，两端分三叉为三钴。

一

春

每年，春天一来临，我就做梦。

山地、原野各种草木发芽了，各色花儿绽放了。树木发芽也是很有次序的。还有，绿叶的颜色和形状也因树木而不同。不用说，嫩叶的颜色不限于青绿。你要是乘东海道火车做一次春之旅，就请仔细瞧瞧远州槙树的新芽，以及关原一带柿树的嫩叶吧。即使红叶树和枫树的新叶也是风情万种。还有，原野上那些我叫不出名字的不起眼的小花也很多。

我曾亲眼仔细观察过草木遍山的春景，打算准确地写到文章里。我注视过山间树木的各种花儿。然而，在我尚未边走边看、认真进行写生的时候，春天的绿叶和鲜花慌忙发生了变化。心想，来年再说吧。每年必定做这样的梦。或许是日本作家的缘故，梦中的我看到了花木葳蕤、绿叶遍布的山野美景。我以为梦见了故乡的山峦。但是，那样秀丽的故乡土地上哪儿去找？我只是梦见理想中的故乡的春天罢了。

昭和三十三年（1958）三月

译后记

一

这本川端散文集的文章，分别选自《川端康成全集》（日本新潮社 1982 年版）中的三本随笔专辑以及角川文库散文集《美丽的日本与我》。译者仅凭个人所好，就艺术、风景、人生三方面题材，粗略遴选，未必精当，因受篇幅所限，不能将所有中意的篇章全部选入，深感遗憾。但凡选萃之类，说说容易，一旦临场，琳琅满目，流光溢彩，哪篇该选，哪篇不该选，实在难分伯仲，最后弄得眼花缭乱，往往达不到预想的效果。我也是经过阅读、比较，觉得哪一篇都是佳作，最后只能断然截取其中一部分作为代表，其余尽皆割爱或备用将来。望读者谅之。

川端康成关于散文随笔的写作，种目繁多，

题材各异，但总的主题体现着一种独特的日本美意识和东方美学意趣。早年的川端由于出身孤寒，亲人早逝，世道之严冷，人生之凄苦，使之养成离群索居、沉默寡言的性格。青年时代寄情于第二故乡伊豆半岛，放浪于自然风景之间，向天地万物索取温暖与爱情。他曾在伊豆半岛住过三年，走遍了那里的山山水水，后来即使结婚成家，安居于镰仓长谷，也还是常去伊豆游玩、会友和写作。他把那里作为文学的舞台，写下了短篇名作《伊豆的舞女》。除了伊豆半岛，另外常去的地方就是东京的浅草和京都。一个是江户时代的繁华之地，寄托着数百载历史兴衰；一个是日本千年古都，演绎着说不尽的历代王朝故事。

作者笔墨所涉及的山水风情、犬鸟植物，描写细腻，热情洋溢。至于各篇所写内容和行文特色，相信读者朋友自有属于自己的解读与评价，无须译者一一饶舌。

而作家的交友与外游，这是川端文学达于烂熟时期所爆出的瑰丽的火花，同他的长短篇小说一样，是盛开于川端文学阆苑中的奇葩。后期散文创作的名篇佳构比比皆是，《哀愁》《花未眠》《岸惠子的婚礼》《有马稻子》《美丽的日本与我》《美的存在与发现》等，不胜枚举。

作者对于音乐的感知，对于绘画艺术中的幻想与虚空的精到的描画与分析，对于花儿不睡眠这一自然界的新发现，还有岸惠子的温存与深情，以及婚后故国旧友的态度转变和法国乡民的热情迎纳，还有惠子被昔日友人冷淡对待之后的委曲与困惑，都有着生动的描述，暗喻着作者的爱怜与不平。有马稻子的美丽形象以及对作者家人一般周到细致的关切与照料，历历如在目前。还有，对于她因自己参拍的影片镜头被剪掉，借故离开现场的那种年轻女性常常爱发点小脾气的表现等，都做了简洁的提示性描写，这些文字构成了各篇文章最能吸引读者的"文眼"。

散文是情感的文学，没有人情是写不成散文的。川端几乎每一篇散文都是丰沛情感的流泻。他写芥川龙之介，写古贺春江，总是通过平静的笔墨一边谈论艺术，一边抒发感情。行文峻厉冷艳，感情真挚灼人。

作者性格沉默寡言，他的文字也是以简劲见长，组词造句时有跳跃。既没有谷崎润一郎那种反反复复的描摹与吟味，更没有三岛由纪夫那种洋洋洒洒的阐述与论证。清丽素洁，庄雅明媚，一如雪园青竹，冬夜枯桐。

要正确理解一个作家的审美情趣，最好阅读他或她的散文创作。另外，读者还得有充分的知识积累和专业储备，尤其是音乐和绘画之类。

川端康成在《临终的眼》里曾经说："不论如何厌离现世，自杀都不是理智的姿态。即便德行很高，自杀者也远离于大圣之域。"可是，他自己后来不也自杀了吗？看来，人生观是因时代和个人性格的形成而变化着的，谁也无法咬定自己将来会是一个怎样的人生结局。我寄情于川端文学由来已久，早于对三岛由纪夫。二十世纪末应邀来日任教之后，当即蒙老一辈师友长谷川泉、羽鸟彻哉两位先生垂青，专函约请我参加1999年在伊豆半岛天城山举办的川端康成诞生一百周年纪念会和学术研讨会，同时邀约我为川端研究文集《世界中的川端康成》写稿。长谷川先生是川端康成研究会会长、著名文艺评论家，羽鸟先生是研究会副会长、成蹊大学教授、著名文艺评论家。大会期间同他们日夕相聚，一起与会，一起游览，一同洗温泉，一同登天城山。这两位先生不幸早逝，自那之后，中日两国的川端研究似乎也风光不再了。

总的来说，川端文学的美学追求来源于日本王朝文化的美意识，并循着《源氏物语》这一传统脉络发展下来。作为一名作家，川端康成或因获奖而自觉承受宣传日本传统文化美意识的义务，并借诺贝尔文学奖获奖讲演的机会向世界宣扬日本文化。川端在演说中反复强调的是，四季变化不止的自然美，是日本人精神的原点，同这种自然美融为一体的是日本的宗教、诗歌、美术等。《日本文学的美》极力推介王朝古典之美，回顾女流文学和女性文化的繁荣时期，其中，特别着眼于《源氏物语》的思考与追慕。全篇胜过一部日本古代文学史。

战后的日本社会和文学界都发生了颠覆性的变化，是日本人所说的"魔界"时期，也是日本文化反思与彷徨，焦躁与寻找，追索与回归的时期。战后，川端写下《山音》《千羽鹤》《湖》《睡美人》等小说，留下遗作《蒲公英》，在徘徊的途中迷失自我，终于踏上了不归之路。

川端康成的目光始终充满哀愁，人生的哀愁，世界的哀愁，文明时代的哀愁。

川端康成，冷面的人生，冷面的文学。

　　长夜人不寐，枕边花未眠，
　　饕蚊唉香肌，时雨连江天。

陈德文

2020 年仲秋初稿

2022 年初冬修订

无边清澄之心的光芒，

是我之光还是月之光呢？

一頁 folio

始于一页，抵达世界

Humanities · History · Literature · Arts

出品人　范　新

品牌总监　恰　恰

特约编辑　王子豪　徐　露　徐子淇

营销总监　张　延

营销编辑　狄洋意　闵　婕　许芸茹

新媒体　赵雪雨

版权总监　吴攀君

印制总监　刘玲玲

Folio (Beijing) Culture & Media Co., Ltd.

Bldg. 16-C, Jingyuan Art Center,

Chaoyang, Beijing, China 100124

一頁 folio
微信公众号

官方微博：@一頁 folio｜官方豆瓣：一頁｜媒体联络：zy@foliobook.com.cn